VAI, DJ!
O INTRIGANTE CASO DOS DISCOS PERDIDOS

uma história de
JOÃO ROCHA RODRIGUES

sobre a obra de
ELIFAS ANDREATO

ilustrações
Lorota

PALAVRA

Vai, DJ! – O intrigante caso dos discos perdidos

Copyright ©
João Rocha Rodrigues e Elifas Andreato

Copyright © para esta edição:
Palavras Projetos Editoriais Ltda.

Responsabilidade Editorial:
Ebe Spadaccini

Coordenação Editorial:
Vivian Pennafiel

Edição:
Fabio Weintraub
Diana Brito (Material Digital do Professor)

Assessoria pedagógica:
Pádua Fernandes (Paratexto)
Flavia Cristina Bandeca Biazetto
(Material Digital do Professor)

Revisão:
Camila Lins
Sandra Garcia Cortés
Simone Garcia

Projeto gráfico e diagramação:
Renata Milan

Todos os direitos reservados à
Palavras Projetos Editoriais Ltda.
Rua Pe. Bento Dias Pacheco, 62, Pinheiros
CEP. 05427-070 – São Paulo – SP
Telefone: +55 11 3673-9855
www.palavraseducacao.com.br
faleconosco@palavraseducacao.com.br

Dados Internacionais de Catalogação na Publicação (CIP) de acordo com ISBD

R696v   Rodrigues, João Rocha
    Vai, DJ! O intrigante caso dos discos perdidos / João Rocha Rodrigues, Elifas Andreato ; ilustrado por Karen Zlochevsky, Juca. - São Paulo : Palavras, 2022.
    196 p. : il. ; 27cm x 27cm.
    ISBN: 978-65-88629-56-7
    1. Literatura juvenil. 2. Romance Juvenil. 3. Ficção. 4. História do Brasil. 5. MPB. 6. Elifas Andreato. I. Andreato, Elifas. II. Zlochevsky, Karen. III. Juca. IV. Título.

2021-3830
CDD 028.5
CDU 82-93

Elaborado por Vagner Rodolfo da Silva - CRB-8/9410
Índice para catálogo sistemático:
1. Literatura juvenil 028.5
2. Literatura juvenil 82-93

palavras

1ª edição • fevereiro • 2022

Para Bel, de tantas lutas.

1

BLAM! A porta bateu depois que Rosa passou. Ela nem ouviu, concentrada no som que saía dos fones de ouvido. Parecia ter um compromisso marcado. Atravessou a sala, cruzou a porta da cozinha como um vulto e *BLAM!* de novo, agora na porta do quarto que dividia com as duas irmãs pequenas. Em outros tempos cabia também o irmão, que agora chegava tarde e preferia o sofá.

A essa hora, o cômodo era só dela. A avó na cozinha, o irmão e a mãe no trabalho, as gêmeas ainda na escola. Puxou o colchão que estava em cima do beliche, pegou o travesseiro no armário e se deitou. Tudo às cegas, no automático, com os olhos colados na telinha do celular. Os dedos corriam rápido pelas letrinhas.

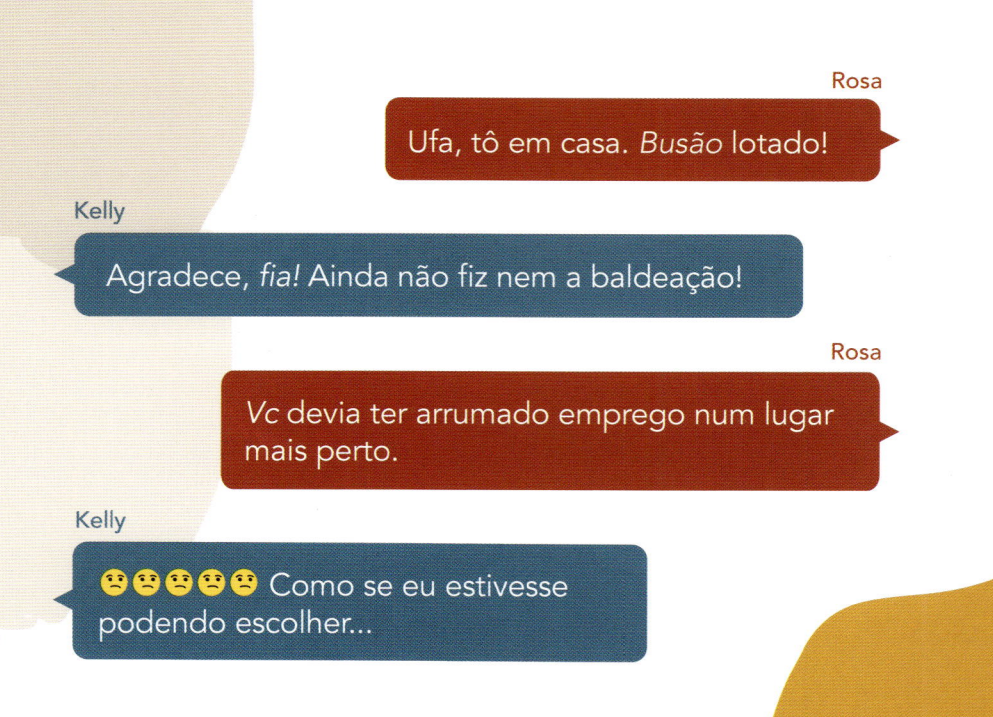

Rosa
Ufa, tô em casa. *Busão* lotado!

Kelly
Agradece, *fia!* Ainda não fiz nem a baldeação!

Rosa
Vc devia ter arrumado emprego num lugar mais perto.

Kelly
😒😒😒😒😒 Como se eu estivesse podendo escolher...

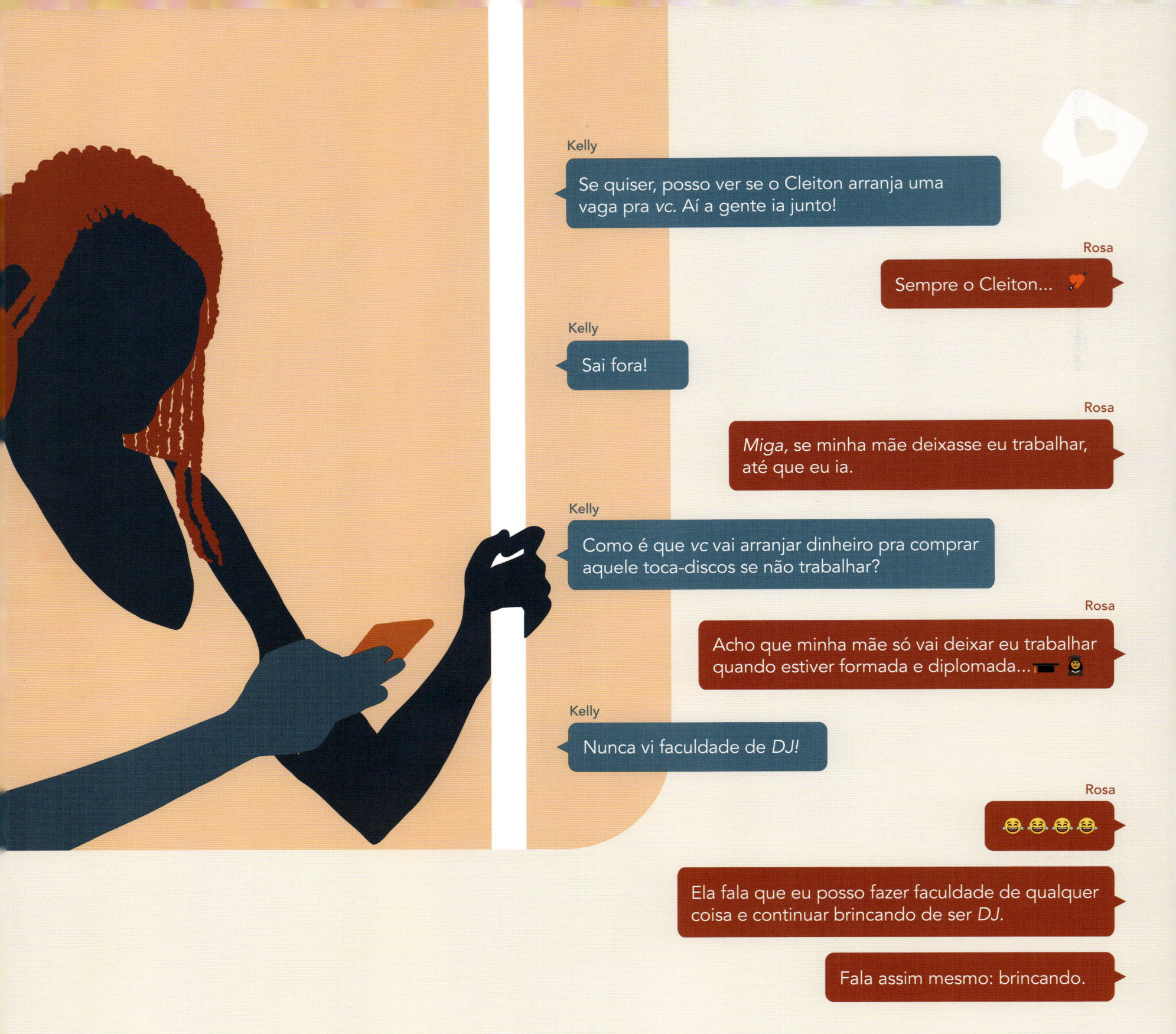

Kelly
Se quiser, posso ver se o Cleiton arranja uma vaga pra *vc*. Aí a gente ia junto!

Rosa
Sempre o Cleiton... 💔

Kelly
Sai fora!

Rosa
Miga, se minha mãe deixasse eu trabalhar, até que eu ia.

Kelly
Como é que *vc* vai arranjar dinheiro pra comprar aquele toca-discos se não trabalhar?

Rosa
Acho que minha mãe só vai deixar eu trabalhar quando estiver formada e diplomada... 🎓👩‍🎓

Kelly
Nunca vi faculdade de *DJ*!

Rosa
😂😂😂😂

Rosa
Ela fala que eu posso fazer faculdade de qualquer coisa e continuar brincando de ser *DJ*.

Rosa
Fala assim mesmo: brincando.

Kelly
E não é brincadeira mesmo? Rsrs

Rosa
Nega, ser *DJ* é coisa séria. Tem um monte de gente ganhando *mó* grana tocando em festa, fazendo *show*...

Kelly
Ah, tá... Pretinha do Grajaú achando que vai colocar os *playboys* pra dançar...

A amiga às vezes a deixava irritada, mas Rosa sabia devolver a provocação.

Rosa
Certo, então fica aí atendendo reclamação de plano de internet e não gasta os meus dados!

As duas se conheciam desde que se davam por gente. Quando era pequena, Kelly morava no mesmo terreno de Rosa, na casa 3, que divide parede com o bar do Tião. Depois mudou para quatro ruas abaixo, já perto da avenida.

Kelly
Eita! É brincadeira! *Vc* sabe que na primeira vez que você tocar num estádio eu vou estar na primeira fila, né? 🤓

Rosa
Rsrsrs. Te amo, *miga*! ♥🖤♥

Quando estava no terceiro coraçãozinho, a música acabou e Rosa pôde ouvir a avó chamando para o almoço.

Dona Isaldina era uma figurinha. Adorava bater perna pela rua, conhecia todo mundo e, quando não estava ocupada com as coisas da casa, gastava horas no portão – segundo a neta, vendo o bairro mudar. Esse era o seu assunto predileto.

– Você viu que tinha uns moços da Prefeitura arrumando os fios? – disparou Isaldina assim que a neta pisou na cozinha. – Quando eu e seu avô chegamos aqui, não tinha fio nenhum. Hoje em dia, quase que a gente não vê o céu de tanto risco preto atravessando os postes.

Rosa achava graça do jeito da avó falar. Ria por dentro toda vez que ela começava uma frase com "Hoje em dia...". Imaginava que, se soasse um sininho como esses que marcam o número de seguidores nos *sites* de vídeo, a contagem ia bater a de qualquer influenciador digital.

– Lá vem você de novo com essas conchas! – era o jeito que a avó chamava os fones de ouvido. – É falta de educação ouvir música quando falam com você! Hoje em dia...

– Tá desligado, vó!

– Então tira as conchas da orelha. Tá com medo de levar um puxão?

– Tá bom...

Enquanto Isaldina fazia o prato da menina no fogão, Rosa lembrou da conversa com Kelly.

– Com quantos anos a senhora começou a trabalhar, vó?

– Eu tinha uns 12 anos. Foi logo que a gente chegou de Minas. Não tinha jeito. Era trabalhar ou passar fome. Na roça eu também precisava trabalhar, ajudando na plantação, mas até que sobrava tempo pra brincadeira. Já em São Paulo não tinha moleza. A gente acordava, pegava no batente e só largava na hora de dormir.

Antes que a avó encaixasse mais um "Hoje em dia...", a menina fez uma tentativa:

– Sabe, vó, tô pensando em trabalhar.

– Mas nem começa com essa conversinha de novo, que sua mãe e seu irmão se matam no serviço para que você e suas irmãs possam estudar. Não desperdiça essa chance, Rosa!

– Mas como é que eu vou comprar as coisas que eu preciso se eu não trabalhar? – insistiu a menina, enquanto dava as primeiras garfadas.

– O que você precisa é estudar. Só assim você vai poder ser o que quiser.

– Me diz então como eu vou ser *DJ* se eu não puder comprar um disco? Se eu não puder nem sonhar com uma *pickup*!

– E pra que você quer comprar uma picape, minha filha? O Isaías da borracharia tava consertando uma dessas e falou que não presta...

– Não é caminhonete picape, vó! Tô falando de toca-discos!

– Ah, vitrola! Hoje em dia a juventude inventa cada nome...

Rosa era inconformada com uma coisa naquela casa. Nunca, nunca mesmo, tinha ouvido uma nota musical sequer soar por ali. Não havia aparelho de som, radinho de pilha ou qualquer equipamento fabricado para reproduzir música. Televisão tinha, ficava ligada o dia todo. Na maior parte do tempo, o único espectador era o cachorrinho que balançava a cabeça, hoje aposentado no aparador, mas que um dia viajou de lá pra cá no carro do seu Luís, avô de Rosa.

– Engraçado você vir com essa conversa de disco hoje – seguiu a avó, enquanto puxava uma cadeira para acompanhar o almoço da neta. – Ontem eu estava no portão e chegou a Neuma. Disse que estão preparando uma homenagem pro Valdir, que vai completar 80 anos. Perguntou se eu não tinha guardado alguma foto da banda que eles montaram...

Rosa quase engasgou.

– Banda?! O vô fazia parte de uma banda?!

– Fazia parte é modo de dizer, né? – riu Isaldina. – Naquela moda da Jovem Guarda, a turma montou uma banda e colocou ele só de palhaçada. Eles sabiam que o Luís não tocava nem campainha, mas tinha carro pra levar o pessoal pra uma boate em São Bernardo, onde se apresentavam.

– Ah... – suspirou Rosa. – Fiquei imaginando o vô tocando *rock*.

– Imagina, minha filha! Ele esperava os meninos do lado de fora. Não suportava a barulheira.

– E você encontrou alguma foto? Acho que nunca vi o vô jovem...

Rosa tinha pouquíssimas recordações de seu Luís. Não conseguia distinguir o que era lembrança mesmo, relato de algum parente ou fruto da imaginação. Para ela, o avô era aquele velhinho carrancudo que passava o dia em frente à tevê, resmungava e se escondia no quarto quando aparecia visita. Mas como podia saber? Tinha só cinco anos quando ele morreu.

– Até que procurei, mas não encontrei foto de banda nenhuma no depósito... – respondeu Isaldina, preparando o clima de suspense. – Mas encontrei uma coisa que talvez possa te interessar...

Rosa não conseguiu decifrar as reticências da avó. O que ela poderia ter achado de TÃO interessante naquele quartinho úmido e empoeirado na parte de trás da casa? O que mais, além de uma batinha de bebê ou uma lembrança qualquer de infância?

A menina estranhou quando a avó voltou carregando aquela caixa, envolta numa lona de plástico preta.

10

I-sal-di-na a-bri-u um sor-ri-são, pa-ra-da na por-ta da co-zi-nha (parecia que tinham ligado a câmera lenta). Deu um pas-so de-va-gar, de-pois ou-tro e mais ou-tro (ainda bem que a cozinha era pequena). De-po-si-tou o pa-co-te na me-sa e fa-lou bai-xi-nho:

– Abre, Rosa. Seu avô deve ter guardado isso por algum motivo. Deve ter pensado que alguém nesta casa um dia pudesse dar valor a esses discos...

Discos? Mas por que diabos seu Luís teria discos? Rosa foi abrindo o embrulho ainda sem acreditar. Talvez fosse confusão de Isaldina. Se a casa nunca teve toca-discos, por que teria LPs? Agora parecia que a câmera estava acelerada. Na-ansiedade-a-menina-se-embananava-toda-pra-encontrar-a-abertura-do-pacote. O-formato-era-de-uma-caixa-cheia-de-discos, mas-como-abrir? Respira-Rosa-respira!

– Ai, vó! Como abre isso?!
– Calma, Rosa!

Isaldina assumiu o controle da operação, devolvendo a cena à velocidade normal. Descolou a fita-crepe ressecada, como já havia feito mais cedo, e, com o jeito de costureira experiente, foi desfazendo dobras até que se revelasse diante das duas uma caixa de madeira dessas usadas na feira. Cheinha de discos.

Rosa não pôde acreditar. Numa atitude de máximo respeito àqueles objetos, ainda olhou para a avó como se pedisse autorização para encostar neles. Isaldina só baixou o queixo, em sinal de aprovação.

– Vó! Não é possível! Olha isso!

Isaldina estava admirada com o efeito daquele achado sobre a neta. Fazia tempo que não a via assim. Desde que a menina chegara à adolescência, há uns três ou quatro anos, não via seus olhos brilharem daquele jeito – a não ser quando acendia a luz da maldita telinha do celular. Rosa se metia naquele mundo e não enxergava nada além. De uns tempos para cá, parecia ter começado a falar outra língua, cheia de *zaps*, *posts* e *chats*. Está bem que com a mãe, que passava o dia todo trabalhando, Rosa só falasse pela internet. Mas com ela, que estava logo ali, companheira de tantas tardes...

— BATUQUE NA COZINHA! — exclamou a menina.

— Esse aí eu conheço — emendou a avó, olhando a capa do disco. — É o Martinho da Vila. Ele cantava a música das mulheres naquela novela que tinha o clone.

— O Fabinho, aquele *DJ* que morava aqui no bairro, fez uma versão *daora* pra *Batuque na cozinha*.

— O japonesinho, neto da Dirce?

— Ele mesmo — respondeu a menina, enquanto sacava o celular para tirar uma foto.

Rosa dispensou filtros. Postou a imagem no grupo das *DJs*, junto com a exclamação:

MANAS NO COMANDO

Rosa

MARTINHO DA VILA
BATUQUE NA COZINHA

Olha só quem veio sambar na minha casa!

Instantaneamente começaram a pipocar mensagens.

Dandara
Mentira!

mc_bruxa
É um dos primeiros discos do Martinho da Vila!

sol a samba
Quero!

Dj Ela
Mana, esse disco não tem uns sambas de roda e partido-alto que o Martinho gravou?

BaixadaSoundSystem
O cara praticamente remixou *Batuque na cozinha*, do João da Baiana, um dos criadores do samba aqui no Rio!

Gabigoods
Não sai da minha *playlist*!

Rosa mal sabia o que fazer. As coisas que lançava no grupo às vezes eram elogiadas, mas ela nunca recebera tanta atenção daquelas musas. As *DJs* do grupo eram super-respeitadas. Várias tocavam em festas conhecidas. Já ela, só brincava, como dizia a mãe.

O principal assunto por ali eram os discos dos anos 1970, fase de ouro da MPB. Figuras que surgiram mais ou menos nessa época, como Martinho da Vila, circulavam no grupo como ídolos – embora tivessem idade para ser avós ou até bisavós daquelas meninas.

Dandara

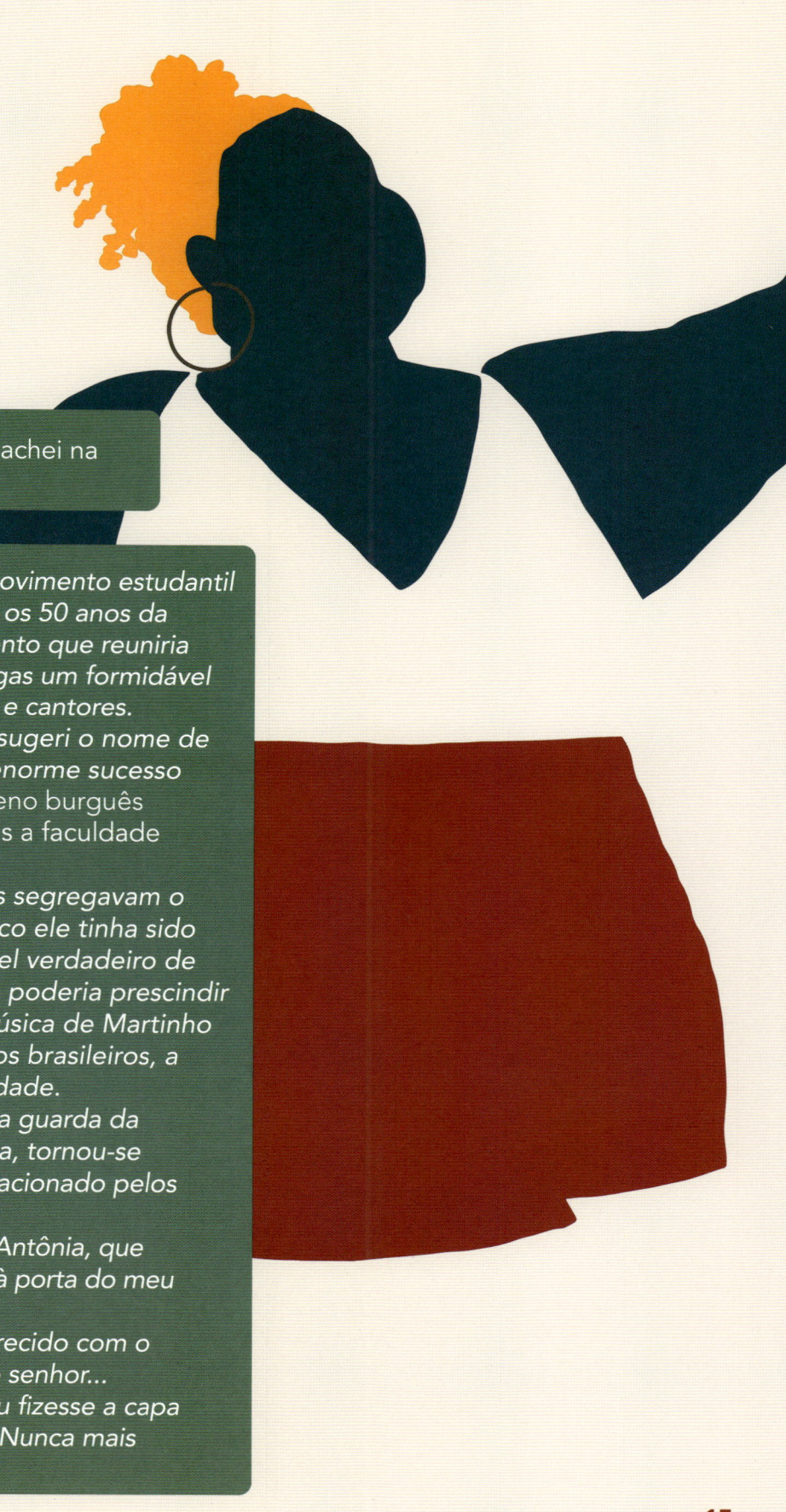

Chapei nessa capa! Olha só o que eu achei na internet sobre ela!

*Em 1972, ao lado das lideranças do movimento estudantil de São Paulo, planejamos comemorar os 50 anos da Semana de Arte Moderna, em um evento que reuniria no auditório da Fundação Getulio Vargas um formidável grupo de artistas plásticos, fotógrafos e cantores.
Em um dos encontros preparatórios, sugeri o nome de Martinho da Vila, então fazendo um enorme sucesso com o samba autobiográfico* O pequeno burguês *(Felicidade / Passei no vestibular / Mas a faculdade é particular...).
Houve resistências. Grupos estudantis segregavam o compositor porque antes de ser músico ele tinha sido sargento do Exército. Insisti. Um painel verdadeiro de nossa cultura, naquele momento, não poderia prescindir de artistas por sectarismo, afinal, a música de Martinho escancarava a realidade da maioria dos brasileiros, a quem era vedado o acesso à universidade.
Venci, e Martinho trouxe do Rio a velha guarda da Vila Isabel. O espetáculo marcou época, tornou-se inesquecível – e o sambista acabou ovacionado pelos estudantes.
No dia seguinte à apresentação, dona Antônia, que trabalhava em casa, chegou assustada à porta do meu estúdio, após atender a campainha.
– Seu Elifas, tem um homem muito parecido com o Martinho da Vila querendo falar com o senhor...
Martinho tinha vindo pedir para que eu fizesse a capa de seu novo disco:* BATUQUE NA COZINHA. *Nunca mais desmanchamos a parceria.*

Dj Ela

Hahahaha! "Tem um homem muito parecido com o Martinho da Vila querendo falar com o senhor..."

Gabigoods

Caraca! Que história! De quem é esse texto?

Dandara

Elifas Andreato, o cara que fez essa belezura de capa...

Tem outro desenho aqui. É o cartaz pra esse festival que ele falou no texto.

homenagem dos
ESTUDANTES BRASILEIROS
ao 50º aniversário da
SEMANA DE ARTE MODERNA
22 SEMANA 72
Elifas Andreato

Enquanto Rosa estava entretida com a repercussão, Isaldina pegou outro disco na mão. A capa chamou a atenção da velha costureira. O vestido branco, estampado com rosas vermelhas e amarelas, estendido num céu com nuvens, lhe deu uma sensação de conforto.

– Olha que coisa mais linda, Rosa! Quando eu era boa de linha, fazia vestidos desse jeitinho.

– Lindo mesmo, vó. Segura aqui pra eu tirar uma foto.

– O CANTO DAS LAVADEIRAS – leu Isaldina com alguma dificuldade.

– É também desse rapaz, Martinho da Vila.

– Rapaz? Ele deve ter mais de 80 anos, vó! – achou graça a menina.

– Levanta a capa pra eu fotografar.

Clique, mais uma foto para o grupo de *DJs*.

Rosa

[Capa do disco: MARTINHO DA VILA — O CANTO DAS LAVADEIRAS]

sol a samba
Uau! O CANTO DAS LAVADEIRAS!

Rosa
Também veio me visitar...

mc_bruxa
Esse disco é um luxo só!

Sicy
Nesse disco aí ele gravou umas congadas mineiras e congos capixabas. Deve ter sido a primeira vez que um artista de peso gravou músicas da cultura popular aqui do Espírito Santo.

Dj Ela
Pode crer! *Madalena do Jucu* é desse disco, né? Toco direto!

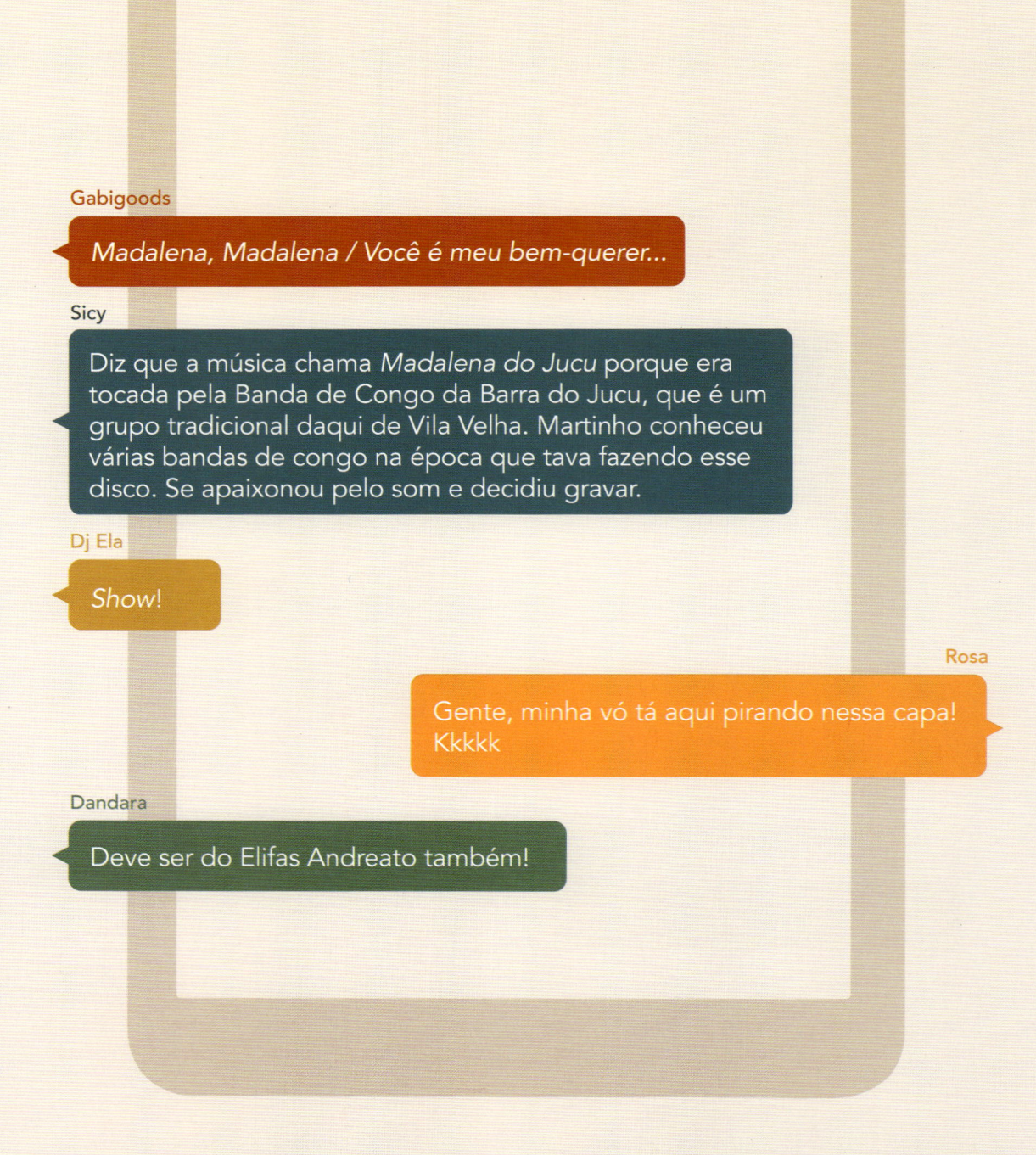

Gabigoods
Madalena, Madalena / Você é meu bem-querer...

Sicy
Diz que a música chama *Madalena do Jucu* porque era tocada pela Banda de Congo da Barra do Jucu, que é um grupo tradicional daqui de Vila Velha. Martinho conheceu várias bandas de congo na época que tava fazendo esse disco. Se apaixonou pelo som e decidiu gravar.

Dj Ela
Show!

Rosa
Gente, minha vó tá aqui pirando nessa capa! Kkkkk

Dandara
Deve ser do Elifas Andreato também!

— Parece que o vestido está flutuando, né, Rosa? — divagou Isaldina. — Tem pregadores, mas não tem varal...

— Tá viajando, né, vó?

— Quando era pequena eu lembro de ver a mulherada lavando roupa na beira do rio. Ficavam lá na maior cantoria. Quando queriam deixar a roupa branquinha, passavam sabão de coco e botavam no sol desse jeitinho, pra quarar. Hoje em dia...

— É tudo na máquina de lavar — completou a menina.

– Isso quando a máquina não tá quebrada, né?

A velha costureira virou a capa e se surpreendeu.

– Olha só, desse lado tem um uniforme. É igual ao que seu vô usava pra trabalhar.

– É mesmo. É como se a estampa do uniforme se misturasse com as nuvens e o azul do céu. Bonito!

– Esse disco deve ter a ver com essas músicas que o povo canta enquanto tá trabalhando. Chama O CANTO DAS LAVADEIRAS, né?

– É mesmo, vó! Deve ser por isso.

Rosa pegou outra capa de Martinho da Vila. Era uma máscara africana. E, por trás dela, um par de olhos conhecidos.

21

Martinho da Vila

Terreiro, Sala e Salão

– Olha só isso, vó!

– Esses olhos devem ser desse mesmo rapaz...

– Martinho da Vila... – completou a neta com um sorriso no canto da boca. – Tá vendo que a capa é recortada pra aparecerem os olhos por baixo?

– Que linda essa máscara!

– É coisa do nosso povo antes de vir pro Brasil, vó! O Martinho da Vila é muito ligado nessas coisas da África. Já ouvi dizer que faz um baita sucesso em Angola. Já gravou com gente de lá, faz *show* direto...

– Nosso povo é de Minas, Rosinha – tentou corrigir Isaldina.

– E antes de Minas, você acha que nossos ancestrais tavam onde? Se bobear, faziam máscaras assim lá em Moçambique!

Enquanto falava, Rosa se deu conta de que havia um encarte dentro daquela capa. E que, quando o puxava, aqueles olhos por baixo da máscara se moviam. O que estava atrás da capa era uma foto de Martinho, aí sim, quando rapaz.

– Que gatão! – se empolgou Isaldina.

– Gato mesmo! – concordou a menina. – Como será que eles faziam essas capas? Será que cortavam tudo à mão?

– Não sei não, filha.

Rosa resolveu fazer umas fotos para mostrar às amigas o funcionamento da capa.

– Ajuda aqui, vó.

Enquanto a menina fotografava, pedia para a avó ir tirando pouquinho por pouquinho o encarte de dentro da capa.

MANAS NO COMANDO

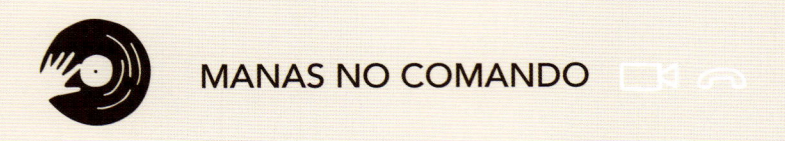

Rosa

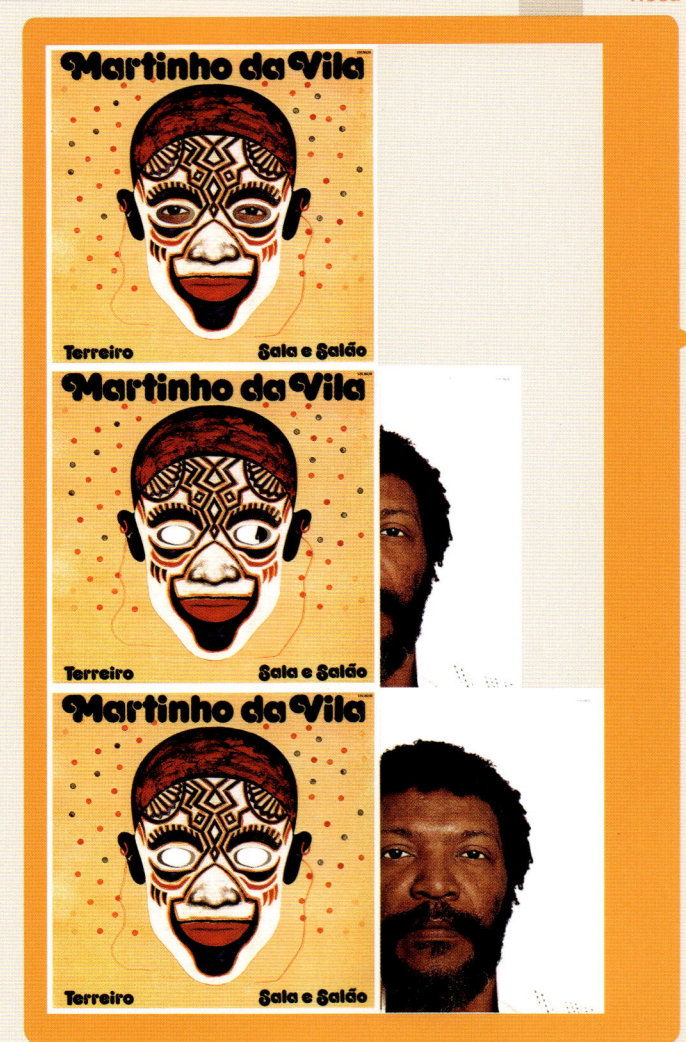

Dj Ela

Não acredito! A gente vê direto essa imagem da capa no digital, mas sem o disco na mão eu nunca ia imaginar que tinha uma foto do Martinho por trás. Não sabia nem que tinha esses buracos dos olhos!

sol a samba

> Eu tenho várias músicas desse disco em MP3 e nunca tinha visto a capa... Genial!

Dandara

> Você ainda tem MP3!

> Minhas músicas estão todas no *streaming*. Pelo menos lá dá pra ver as capas dos discos...

Gabigoods

> É, mas pequenininhas daquele jeito, né? E sem nenhuma informação. Custava colocar a ficha técnica? Os autores das músicas, quem tá tocando, o produtor, o capista...

sol a samba

> Por isso que esses discos valem ouro! Aquelas lojas empoeiradas do centro vendem LPs pro mundo todo!

mc_bruxa

> Por isso e pela qualidade do som, né? Os vinis não são como CDs, que estragam com o tempo. Sabendo cuidar, eles duram pra sempre.

> O sistema de reprodução do som é outro. A gravação é analógica, não é digital. Os sulcos do disco guardam a música. É poesia pura!

Gabigoods
> Outro dia eu vi um documentário sobre como fabricavam os LPs. Eles faziam um disco de alumínio com acetato em cima. Aí uma máquina ia fazendo ranhuras no disco com uma agulha de diamante. É como se esculpissem os impulsos elétricos das músicas.

> Depois, pegavam esse disco pra carimbar em outra matriz de metal. O disco de metal ficava com as ranhuras das músicas em alto-relevo, pronto pra prensar o vinil derretido, marcando os sulcos nos discos que iam pras lojas.

Sicy
> Que *daora*!

Dandara
> Cada disco era prensado com uma espécie de carimbo? *Loko*!

Gabigoods
> Isso! Era uma espécie de prensa que imprimia na massa de vinil os sulcos. Quando a agulha do toca-discos passa por cima desses sulcos, produz uma vibração que é captada e amplificada. Aí é som na caixa! Se você olhar de perto, dá pra ver direitinho as ranhuras dos discos.

Dandara
> Tira uma foto aí, **@Rosa**!

Rosa
> *Peraí*, vou tirar!

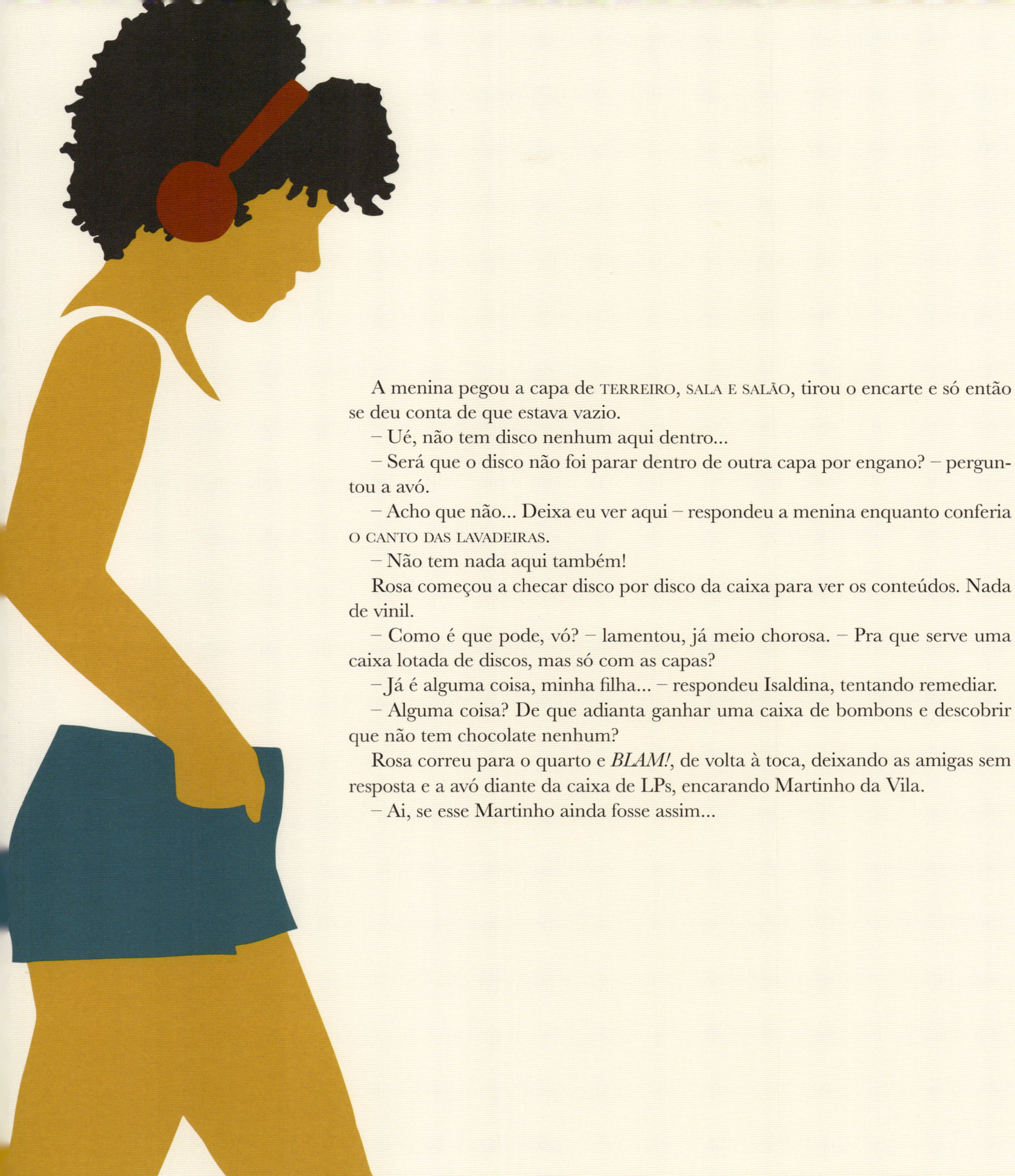

A menina pegou a capa de TERREIRO, SALA E SALÃO, tirou o encarte e só então se deu conta de que estava vazio.

– Ué, não tem disco nenhum aqui dentro...

– Será que o disco não foi parar dentro de outra capa por engano? – perguntou a avó.

– Acho que não... Deixa eu ver aqui – respondeu a menina enquanto conferia O CANTO DAS LAVADEIRAS.

– Não tem nada aqui também!

Rosa começou a checar disco por disco da caixa para ver os conteúdos. Nada de vinil.

– Como é que pode, vó? – lamentou, já meio chorosa. – Pra que serve uma caixa lotada de discos, mas só com as capas?

– Já é alguma coisa, minha filha... – respondeu Isaldina, tentando remediar.

– Alguma coisa? De que adianta ganhar uma caixa de bombons e descobrir que não tem chocolate nenhum?

Rosa correu para o quarto e *BLAM!*, de volta à toca, deixando as amigas sem resposta e a avó diante da caixa de LPs, encarando Martinho da Vila.

– Ai, se esse Martinho ainda fosse assim...

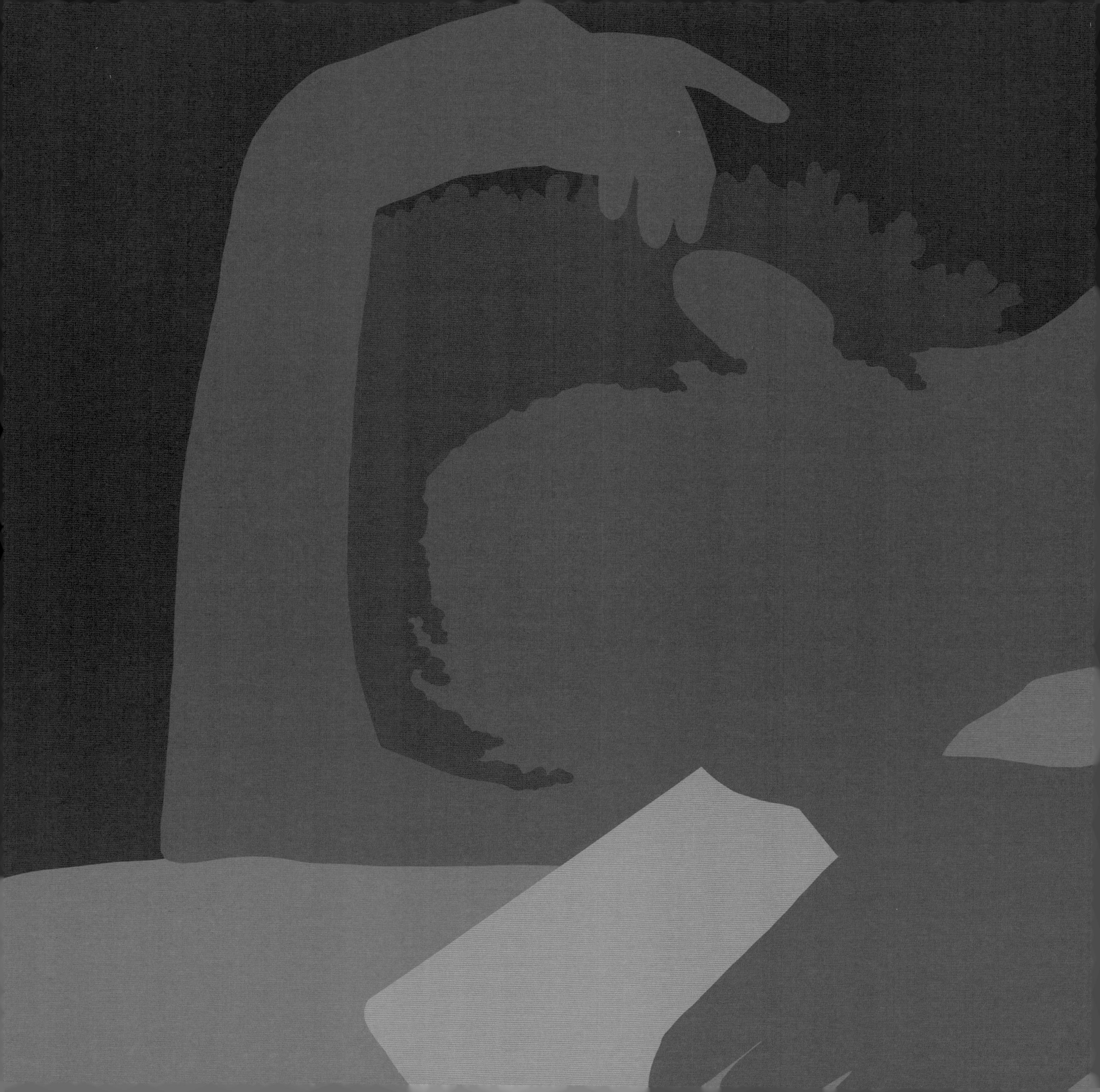

2

Rosa não quis mais saber de música naquele dia. Ajeitou-se no colchão, teclou no celular com os dedos ágeis e embarcou no seriado a que estava assistindo. Já estava na terceira temporada da série que falava sobre os desafios e as tensões raciais que estudantes negros enfrentavam em uma universidade de elite norte-americana.

Apesar de estar ainda no Ensino Médio, a milhares de quilômetros dos Estados Unidos e talvez longe de frequentar uma faculdade de ponta no Brasil, Rosa entendia muito bem o que aqueles personagens passavam. Foi assistindo a um episódio depois do outro, sem parar. Os outros moradores da casa foram chegando quase como sombras que passavam a seu redor.

– Oi, Rosa! – falaram quase em uníssono as gêmeas.

Rosa murmurou um "oi" sem descolar os olhos da tela. A mãe chegou muito mais tarde, quase às 8 da noite. Disse alguma coisa que a menina fez questão de não ouvir e voltou meia hora depois, postando-se bem em frente a ela.

– Você não vai jantar?
– Não tô a fim, mãe.
– Tudo isso é por causa dos discos?
– Não – resmungou.
– Sua vó me contou que desde o almoço você tá aí. Já te chamou pra jantar três vezes e você nem *tchum*.

Rosa só suspirou forte. Marieta insistiu:

– O que é, então? Qual é o problema de hoje, filha?

A menina então disparou, chorosa, como se fosse capaz de dizer tudo o que sentia num só fôlego.

– Não é o problema de hoje, é o problema de sempre, de desde quando eu nasci, porque eu não posso fazer as coisas que eu quero, só as coisas que me mandam fazer. Não posso trabalhar, e porque não posso trabalhar não consigo comprar as minhas coisas, e, não conseguindo comprar as minhas coisas, não vou conseguir ser o que eu quero ser. E sem ser o que quero ser, vou ter que trabalhar em alguma coisa que eu não quero fazer. Mas, se eu fizesse hoje alguma coisa que eu não quero fazer, eu teria dinheiro pra comprar as coisas que me fariam ser o que eu quero ser!

— Ah, Rosa! Tem dó, assim você dá um nó na minha cabeça. Trabalhar o dia inteiro, aguentar humilhação de patrão, enfrentar trem lotado... Aí chegar em casa e te encontrar nesse estado? Eu me mato de trabalhar justamente pra você não ter que passar pelo que eu passo.

— Eu sei, mãe... É que, quando parecia que as coisas tinham mudado do nada, tudo ficou igual de novo.

— Sei como é, filha. Já passei por isso tantas vezes que parece que já tô anestesiada. E não foi por causa de capa de disco, não... Uma hora a gente nem sente mais.

Rosa sabia que Marieta estava falando de seu pai, que morreu jovem. Do pai das meninas, que largou todo mundo depois de prometer mundos e fundos. Do Armando... Por causa dele, ela foi parar várias vezes na delegacia da mulher — até Rosa tinha discado 180 para fazer denúncia. Marieta falava não só de seus relacionamentos, mas de todas as dificuldades que havia enfrentado na vida.

— É, eu sei...

— Vamos jantar. Depois a gente vê uma novela — sugeriu a mãe, ajudando a menina a levantar e aproveitando para fazer um chamego.

— Jantar, tudo bem. Agora, novela já é demais!

As duas sentaram lado a lado na mesa da cozinha. Os pratos já estavam prontos e quentinhos, prova de que Isaldina acompanhava o desenrolar da conversa com ouvidos atentos. Agora a costureira já estava na frente da tevê, com as netinhas dormindo no sofá.

— Então, são esses aí? — perguntou Marieta, apontando com o garfo a caixa de discos.

— É... — respondeu Rosa, resignada. — Não consigo entender por que o vô guardava uma caixa cheia de capas sem nada dentro.

— Sua vó disse que revirou o quartinho pra ver se os discos não estavam em outro lugar. Mas nada.

— Também não consigo entender por que ele tinha essas capas todas se nunca houve aparelho de som nesta casa...

— Realmente, difícil de explicar. Traz pra cá, deixa eu ver.

Rosa puxou a caixa e a mãe pegou uma capa.

— Caramba, que coisa mais bonita! Bonita e triste, ao mesmo tempo.

Era um disco de Paulinho da Viola: NERVOS DE AÇO.

NERVOS DE AÇO
PAULINHO DA VIOLA

SENTIMENTOS (2'28)
(Miginha)

COMPRIMIDO (3'15)
(Paulinho da Viola)

NÃO LEVE A MAL (2'35)
(Paulinho da Viola)

NERVOS DE AÇO (2'28)
(Lupicínio Rodrigues)

ROENDO AS UNHAS (5'00)
(Paulinho da Viola)

NÃO QUERO MAIS AMAR A NINGUÉM (2'47)
(Zé da Zilda - Cartola - Carlos Cachaça)

NÊGA LUZIA (2'32)
(Wilson Batista - Jorge de Castro)

CIDADE SUBMERSA (3'34)
(Paulinho da Viola)

SONHO DE UM CARNAVAL (2'38)
(Chico Buarque)

CHÔRO NEGRO (3'24)
(Paulinho da Viola - Fernando Costa)

– Que coisa, né? Ele tá chorando na capa, nunca vi isso – observou a menina.

– É, normalmente o artista aparece sorrindo. Ou cantando, posando de galã. Ou fazendo carão.

– Chorando, realmente, eu nunca tinha visto – completou Rosa.

– Essas lágrimas grossas, essas flores na mão... Parece que tá oferecendo elas pra alguém que foi embora, né?

– Talvez para alguém que morreu...

– Acho que não... – contestou Marieta, enquanto virava a capa, completando a charada.

– Deve ser coisa de separação – arriscou. – A mulher chorando com as flores na mão. Parece uma despedida.

– Uma despedida bonita.

Rosa ajudou a levar as irmãs para o quarto, tomou um banho e logo foi dormir, enquanto o barulho da novela atravessava a parede fina. Ainda se lembrava de ter ouvido o ranger da porta e a voz do irmão.

– Bênção, mãe. Bênção, vó.

***

A manhã da casa era corrida. Acorda as pequenas, ajuda a avó no café, corre pro banheiro que tá vazio, a *van* chegou. Seu Luiz tá na janela perguntando se voltou a água, as meninas ainda dormindo enquanto mastigam, apressa que vão perder a condução. Tirou a roupa da máquina? Parou de funcionar ontem. A marmita da mãe tá na geladeira, a do Jefferson, ele já levou. O ônibus tá demorando, parece que vão suspender a linha. Hoje vou na casa da dona Rogéria, chego umas oito, se não tiver problema no trem. O muro da casa da Valdenice tá quase desabando, os pedreiros foram consertar...

Quando pisou na calçada, colocou o fone de ouvido e apertou o *play*, Rosa foi transportada para outro mundo. Tinha acordado pensando em ouvir as músicas dos discos que vira no dia anterior. Caminhou até a avenida apressada, embora previsse o desfecho: o ônibus demorou mesmo, e veio lotado. Rosa não se importou. Arranjou um cantinho antes da catraca, encostou a mochila nos pés e, um ponto antes da descida, começou a avançar em direção à porta de trás. De licença em licença, chegou a tempo de ser a última a desembarcar.

— Vai descer, motorista! — gritou a cobradora, antes que ele fechasse a porta.

A viagem tinha durado exatamente dois discos de Martinho da Vila, lado A e lado B, embora o aplicativo não mostrasse onde começava um e terminava o outro. Rosa conhecia alguns daqueles sambas, mas ver as capas, tê-las nas mãos, tinha mudado alguma coisa em seu jeito de ouvir.

Andou mais três quarteirões até chegar à escola. O professor já estava na sala quando ela entrou. Gostava dele, História sempre foi uma de suas disciplinas preferidas.

— Bom dia, Brasil! — brincou Antônio, com a saudação que repetia todas as terças e quintas, às 7h30.

Como sempre, metade da turma parecia ainda não ter acordado, mas o professor mantinha a empolgação.

— Lá vai o professor Cafeína — sussurrou Kelly, já meio atrasada, assim que se sentou atrás de Rosa.

Antônio sempre começava as aulas com um copo de café na mão, que ia bebendo ao longo dos 50 minutos seguintes.

— Pessoal, hoje eu queria que vocês abrissem na página 113 do livro amarelo.

Enquanto o barulho de folhas, zíperes e cadeiras se espalhava pela sala, o professor seguiu falando.

— Vocês devem lembrar de uma imagem que vimos na semana passada: a *Guernica*. Alguém sabe o nome do pintor?

— É Picasso, né?

— Isso, Júlio. Pablo Picasso — confirmou rapidamente, tentando evitar que alguém se arriscasse num trocadilho. — Como vocês devem lembrar, Picasso foi um artista que, entre muitas obras excepcionais...

— Participou de muitos filmes pornôs... — alguém gritou lá do fundo, para o riso geral.

— Olha, até onde se sabe, Picasso não estrelou nenhum filme erótico, Dininho — rebateu o professor. — Se você tiver cabeça pra alguma coisa além desse tema, talvez seja capaz de dizer em que país ele nasceu...

— *Vishhhh!* — fez o coro.

— É... — clima de suspense. — Espanha?

— Exatamente — confirmou Antônio, para descrédito geral.

— Eu tenho uma honra a zelar — brincou o engraçadinho, depois de chutar o primeiro país que veio à sua cabeça.

— Pois bem, Picasso pintou *Guernica* como uma espécie de manifesto contra as barbaridades da Guerra Civil Espanhola e contra todas as atrocidades promovidas por governos autoritários. O quadro é um dos grandes símbolos mundiais da luta pela liberdade e pelos direitos dos homens.

— E das mulheres também, né, *profê*? — acrescentou Kelly.

— E das mulheres também, é claro — corrigiu-se o professor. — Mas hoje a gente vai ver uma obra de outro artista plástico, desta vez, brasileiro.

A turma já estava com o livro na página indicada.

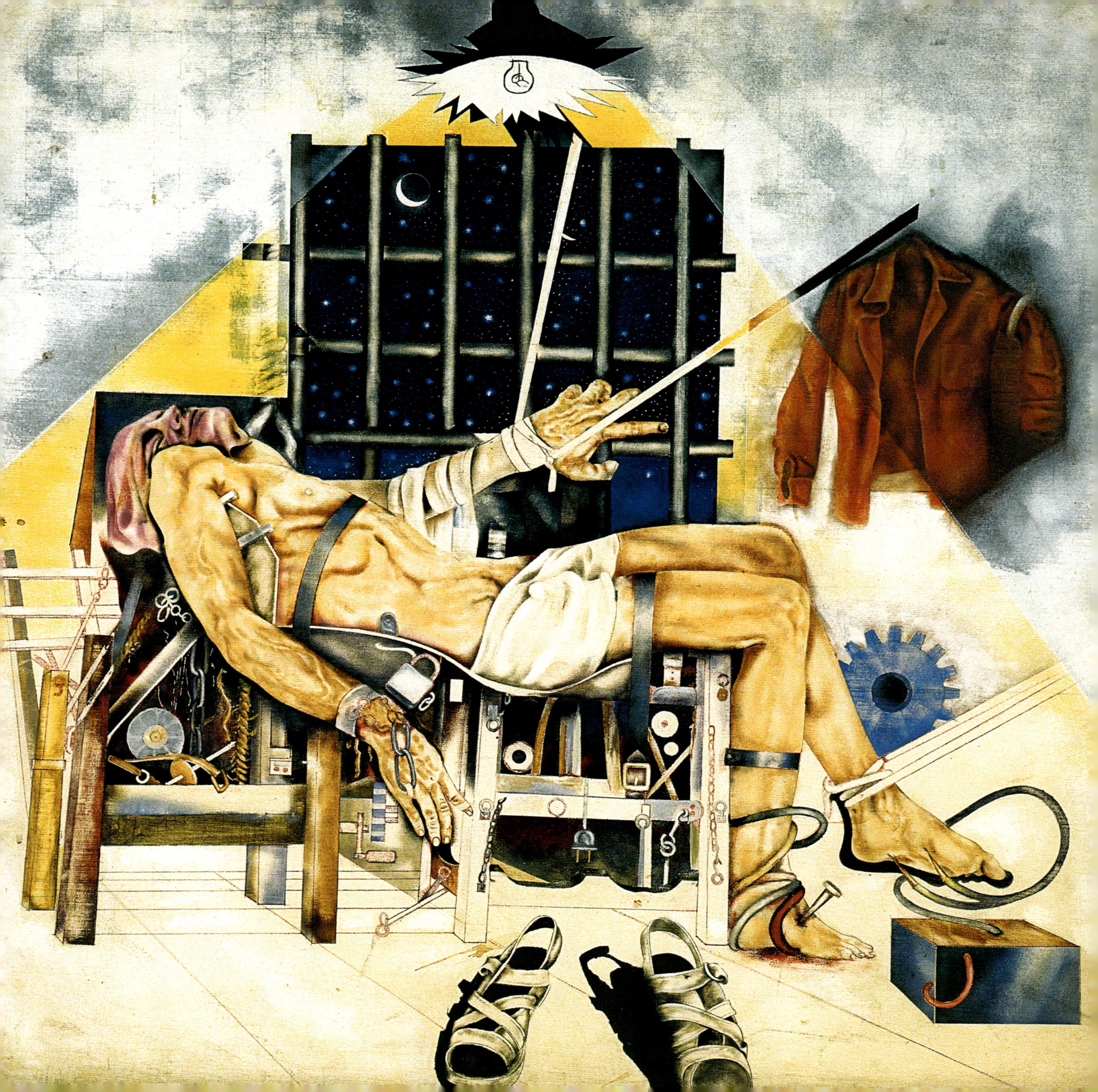

— Vocês devem ter reparado que essa pintura lembra a *Guernica*. E, não à toa, ela chama *25 de Outubro*, dia em que Picasso nasceu. Mas outra coisa aconteceu nessa data. Foi quando, em 1975, o jornalista Vladimir Herzog foi morto pelo Exército, aqui em São Paulo.

— Já ouvi esse nome antes – interrompeu Camila.

— Vladimir Herzog foi um jornalista assassinado pela ditadura militar, a qual não poupava esforços para calar quem não concordasse com o regime.

— Essa lâmpada em cima dele é igualzinha à que tem no quadro do Picasso – falou Júlio, comparando as ilustrações das duas páginas do livro.

— Boa... Por isso que o apelido dessa obra é *Guernica Brasileira*. Elifas Andreato faz uma alusão à tragédia retratada por Picasso ao retratar a morte de Herzog.

Rosa estranhou a coincidência quando o professor disse o nome do pintor. Elifas Andreato? Não, não era possível. A aula seguiu com Antônio falando como aquele assassinato, que os militares diziam ter sido um suicídio, havia contribuído para expor as mentiras praticadas pela ditadura brasileira. Mas Rosa continuava intrigada. Elifas Andreato?

O professor ainda mostrou no próprio celular outra obra do artista, também em homenagem a Herzog: um troféu entregue aos jornalistas vencedores do Prêmio Vladimir Herzog, autores de matérias de jornal, rádio, *podcast* e tevê que abordam a questão dos direitos humanos.

38

— Olha que interessante isso aqui. O que vocês veem?

— É uma lua, né? – disse Camila.

— Lua, certeza – repetiu Kelly.

— É... Também é uma lua – ponderou Antônio. – Mas ninguém tá vendo o perfil de uma pessoa?

— Pode crer! Que maluco! – empolgou-se Dininho, puxando a corrente de revelações do resto da turma, alvoroçada.

— Então, e de quem vocês acham que é esse perfil?

— Do Herzog, só pode – arriscou Kelly.

— Mas, se o artista queria retratar o Herzog, por que será que ele esculpiu o perfil desse jeito, em negativo?

— Ah, *profe!* O cara não morreu? Acho que ele queria mostrar que mesmo que o jornalista não estivesse mais aqui ele continuava presente.

A classe ainda demorou alguns segundos para responder ao golaço do cara mais bagunceiro da sala.

— Hoje você tá que tá, hein, Dininho!

— Aê! – reagiu a turma em coro.

— O *baguio* é *loco*!

***

Depois da escola, Rosa tinha prometido ir ao parque Ibirapuera com Kelly. A amiga estava de folga e queria ver um menino que andava de *skate* por lá. Caminharam até o ponto, enquanto Rosa contava a história das capas de disco, de como achava que tinha tirado a sorte grande, de como não tinha vinil nenhum e, para coroar, da coincidência com a aula de História.

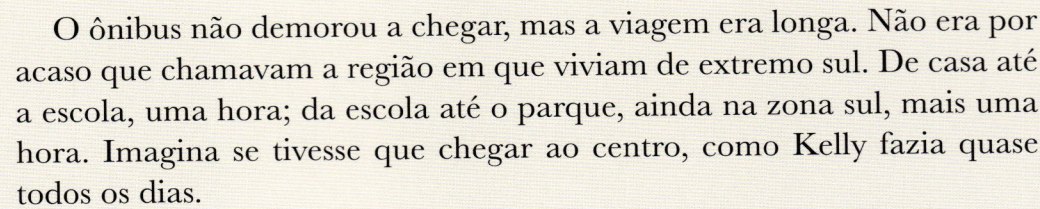

O ônibus não demorou a chegar, mas a viagem era longa. Não era por acaso que chamavam a região em que viviam de extremo sul. De casa até a escola, uma hora; da escola até o parque, ainda na zona sul, mais uma hora. Imagina se tivesse que chegar ao centro, como Kelly fazia quase todos os dias.

Rosa sentou no único assento livre e colocou no colo as mochilas.

– Deixa eu ver esse bilhete que você usou pra passar na catraca? "Conhecer para não repetir"? – estranhou.

– Minha mãe me deu, não estava achando o meu...

– 50 anos do golpe de 1964, Elifas Andreato.

Rosa segurava o bilhete na mão balançando a cabeça, intrigada.

– Não pode ser...

– Doideira, né? Um bilhete com uma gota de sangue escorrendo!

– *Mano*, esse é o mesmo cara que fez aquela capa! A história do "Tem um homem na porta igualzinho ao Martinho da Vila querendo falar com o senhor". O mesmo cara do Herzog, da aula de hoje...

– Sério? Que louco! Como é que eu vivi a vida toda sem saber disso? – debochou Kelly, mais atenta ao *crush* que deslizava no parque. – Será que o Neno vai estar lá mesmo?

Quando o ônibus chegou ao ponto em frente ao Museu de Arte Contemporânea, as meninas desceram. Atravessaram a longa passarela que cruza a avenida e deram na entrada do parque. Logo estavam embaixo da marquise, tentando forjar um encontro ocasional com o *skatista*. Eram muitos os meninos e as meninas sobre rodinhas por ali, e elas zanzaram um tempão, de um lado para o outro, até avistar o grupo de Neno.

– Olha lá! – apontou Rosa.
– Abaixa o dedo, abestada! – respondeu Kelly.
– Calma, *nega*. Ele não viu.
Mas ele tinha visto. Logo o barulho das rodinhas se aproximou.
– E aí? – disse o rapaz, dando um *slide* rente às meninas.
– Que pressão! – reagiu Rosa, bem baixinho.
– *Cês* tão perdidas? Ou vieram andar de *skate*?
– É... – hesitou Kelly. – Na real, a gente veio pro museu. Pra fazer um trabalho da escola.
O menino fingiu acreditar.
– Ah, que pena... Se você estivesse de bobeira, ia te convidar pra dar um rolê.
– Só se for com a bunda no *skate*, *fio*. Não sei andar, não...
– *Demorô*!
A dupla sumiu por trás daquela gente que atravessava a marquise – Kelly sentada no *shape*, Neno empurrando o *skate*. Rosa ainda demorou uns segundos, sem ação, até decidir o que fazer. Resolveu ir em direção ao lago, logo ali.

A história dos discos estava voltando à sua cabeça quando avistou a entrada do Museu Afro Brasil. O professor Antônio tinha falado várias vezes das exposições que aconteciam ali. Já tinha mostrado fotos, contado histórias, prometido uma visita com a turma. Mas nada.

Rosa resolveu entrar. Ficou impressionada com a quantidade de obras, tudo bem diferente do que já tinha visto nos museus que costumava visitar com a escola. Foi circulando entre aquelas pinturas, esculturas e fotografias, deslumbrada com os temas que apareciam: religião, trabalho, arte, escravidão. Tudo sobre a história e a trajetória do povo negro.

Vrrrrrrr, vibrou o telefone em seu bolso.

Kelly
Cadê tu, sumida?

Rosa
Ah, vá... Você desapareceu no jegue daquele *boy* e eu que sumi?

Kelly
Sério, cadê *vc*?

Rosa
Tô aqui no Museu Afro.

Rosa
Me sentindo o patinho feio quando descobre que é cisne! 😍🐔

Kelly
Fia, isso aí é uma galinha!

Rosa
Hahahaha. Não achei cisne!

Kelly
Hahaha

Kelly
Nega, não precisava levar tão a sério a história do trabalho pra escola. O *boy* já acreditou. Ou não, sei lá.

Rosa
Beleza. Quando estiver saindo, te acho.

Kelly
😉

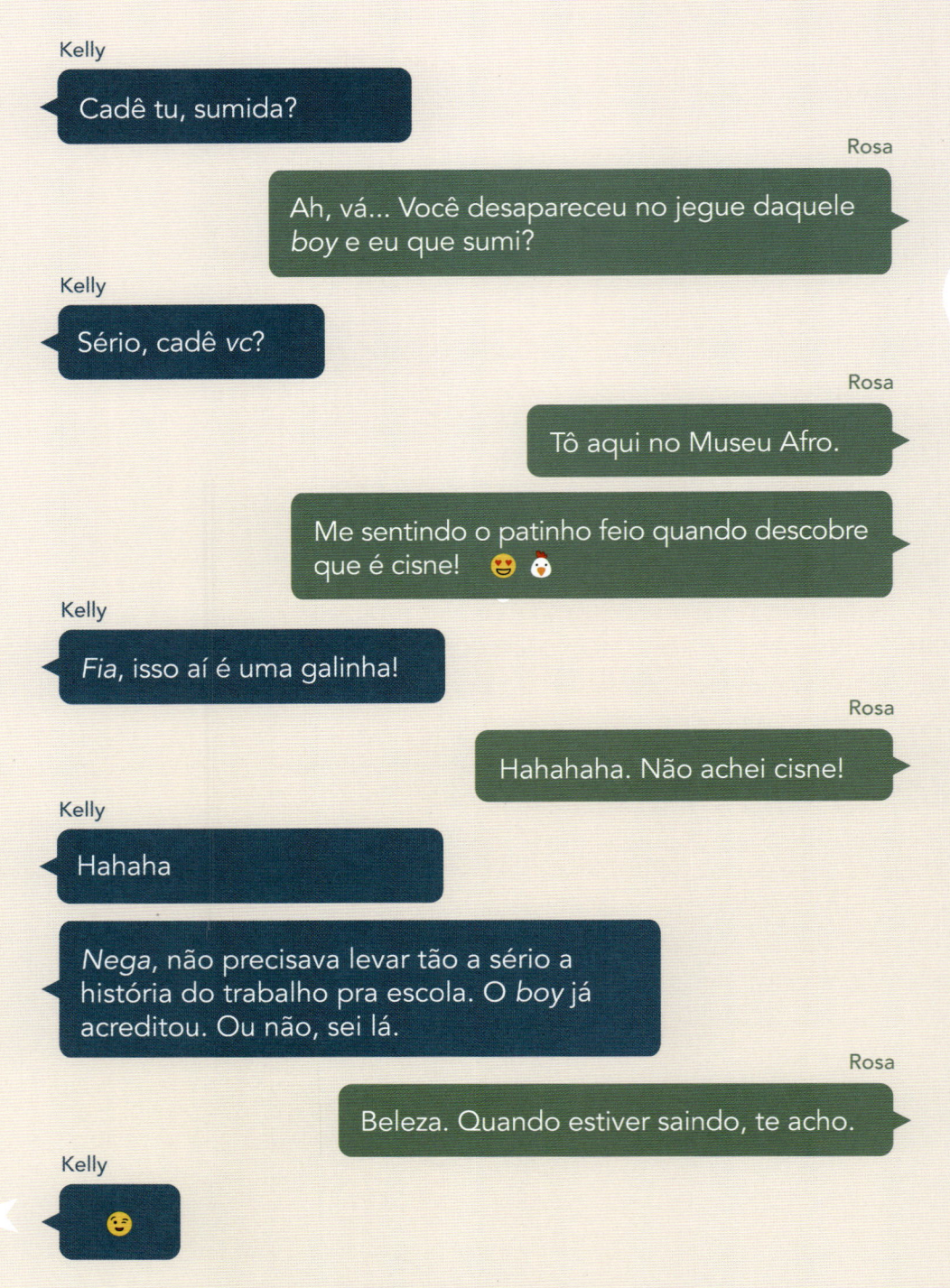

    Quando Rosa tirou os olhos do celular, um quadro capturou sua atenção. Era uma pintura num fundo branco. O retrato de uma negra escura, com um vestido florido cuja estampa parecia subir por seu pescoço, transformando-se em um céu estrelado sob a forma de um lenço de cabeça. A figura tinha um olhar e um sorriso magnéticos. Celular na mão, *clique!*

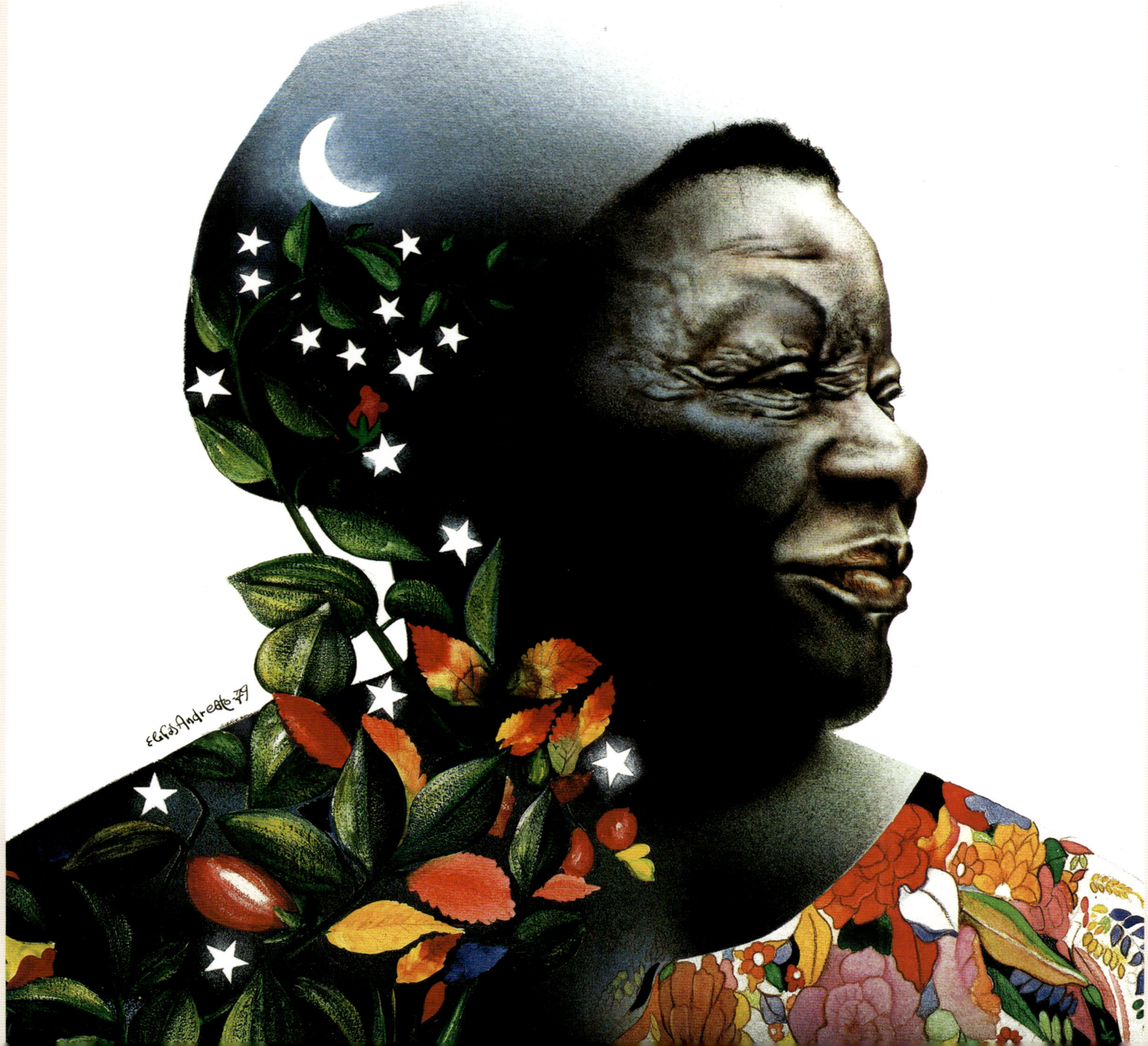

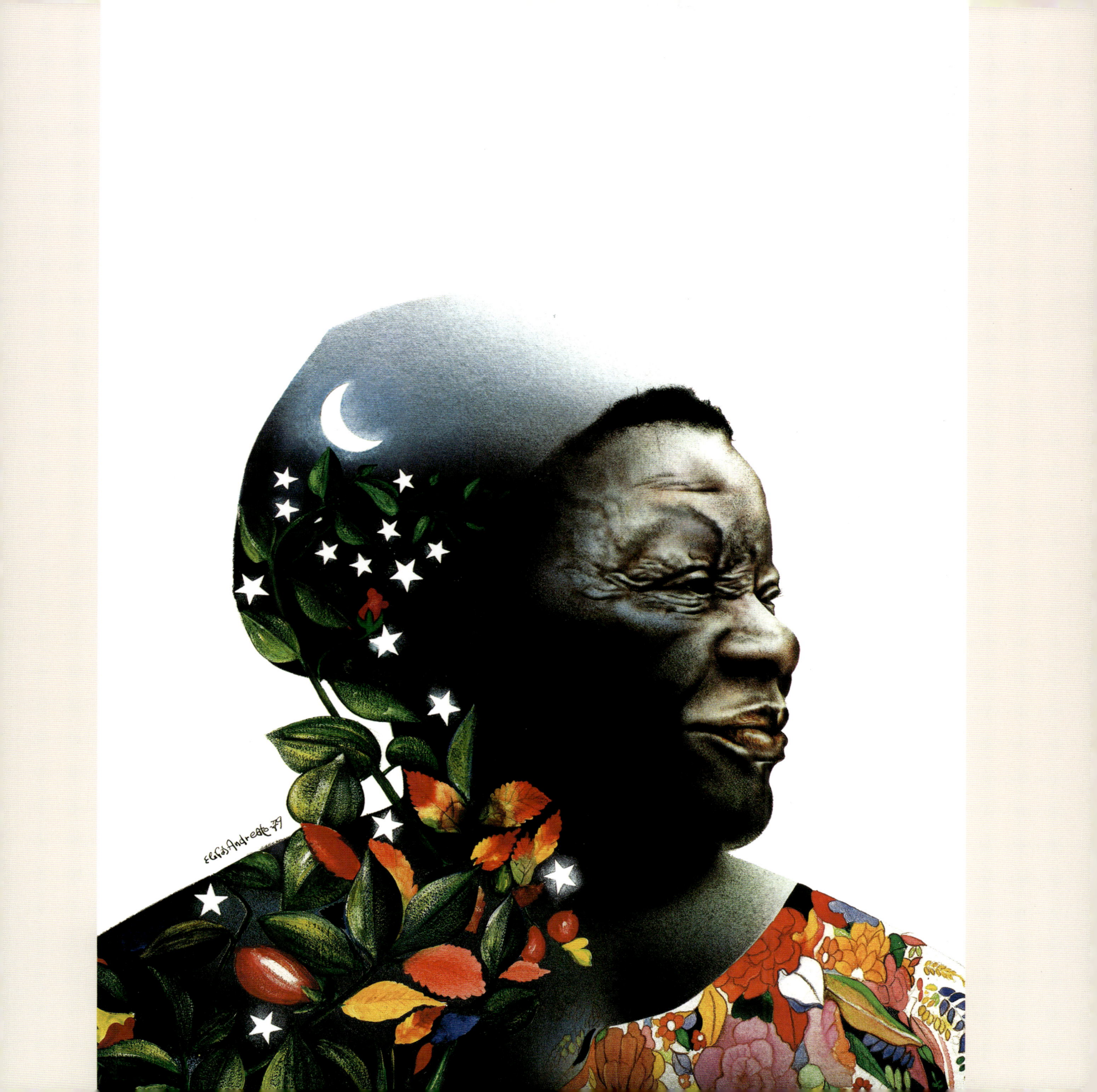

MANAS NO COMANDO

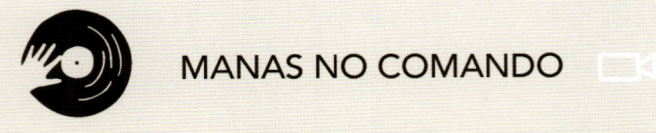

Rosa

Dandara
Voltou quebrando tudo, hein?!

Rosa
Olha isso!

mc_bruxa
Salve, Rainha Quelé!

sol-dj
Clementina de Jesus? Onde?

Rosa
Museu Afro.

Dj Ela
Deusa!

Sicy
Já vi essa pintura antes... Não é capa de disco da Clementina?

Gabigoods
Jogando aqui no Google...

Sicy
Boa! Aposto que é do Elifas Andreato!

    Rosa se aproximou da plaquinha embaixo da tela e confirmou. Sim, Elifas Andreato. Mas seria possível?

Rosa
Esse homem tá me perseguindo, gente!

Vendo a menina eletrizada na frente da pintura, uma das educadoras do museu se aproximou.

– Linda essa tela, né?

– Nossa!

– Você conhece Clementina de Jesus? – perguntou Juliana.

– Ah, já ouvi algumas músicas.

– Sabia que ela só começou a se apresentar profissionalmente depois dos 60 anos? Antes de gravar o primeiro disco, foi empregada doméstica, cozinheira, quituteira...

– Tipo, se virava...

– Era ligada à música, mas nunca tinha pensado em ser artista. Até que um dia o Hermínio Bello de Carvalho, que era produtor cultural, a viu cantando numa festa de igreja, no Rio. E ficou hipnotizado, como você na frente dessa tela.

– A imagem dela é muito forte, dá uma coisa na gente. Parece minha vó, sei lá.

– O Elifas Andreato, quando fez uma exposição aqui, disse que o Hermínio chamava essa pintura de Mona Lisa brasileira.

– Mona Lisa brasileira, que onda!

– Ele contou também outra história com a Clementina. Deixa eu ver se eu acho a capa aqui.

Juliana segurou o celular e falou:

– Capa Clementina Elifas pés.

Na tela apareceram os resultados da pesquisa.

– Aqui, essa capa: *Clementina e convidados*.

CLEMENTINA

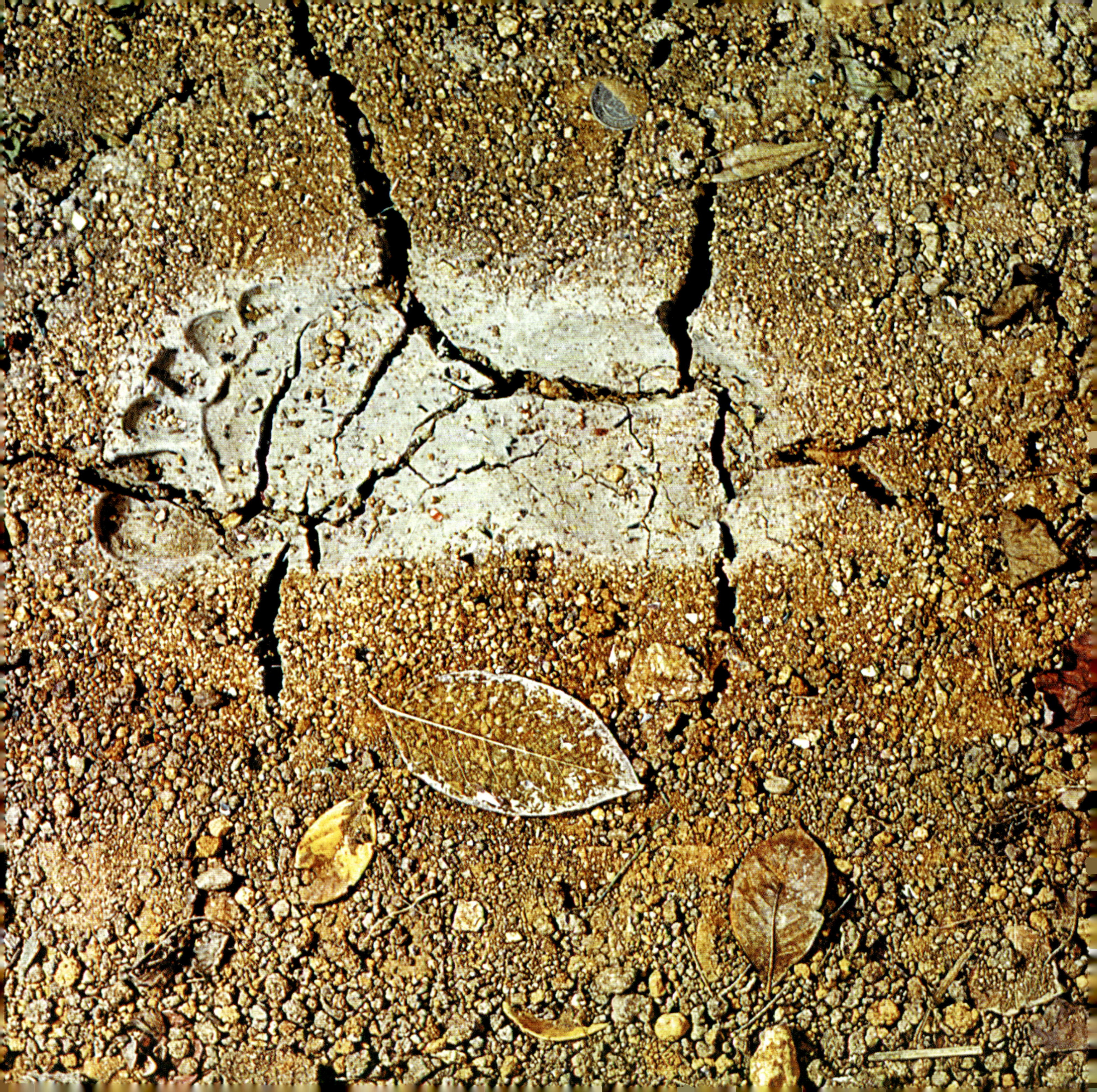

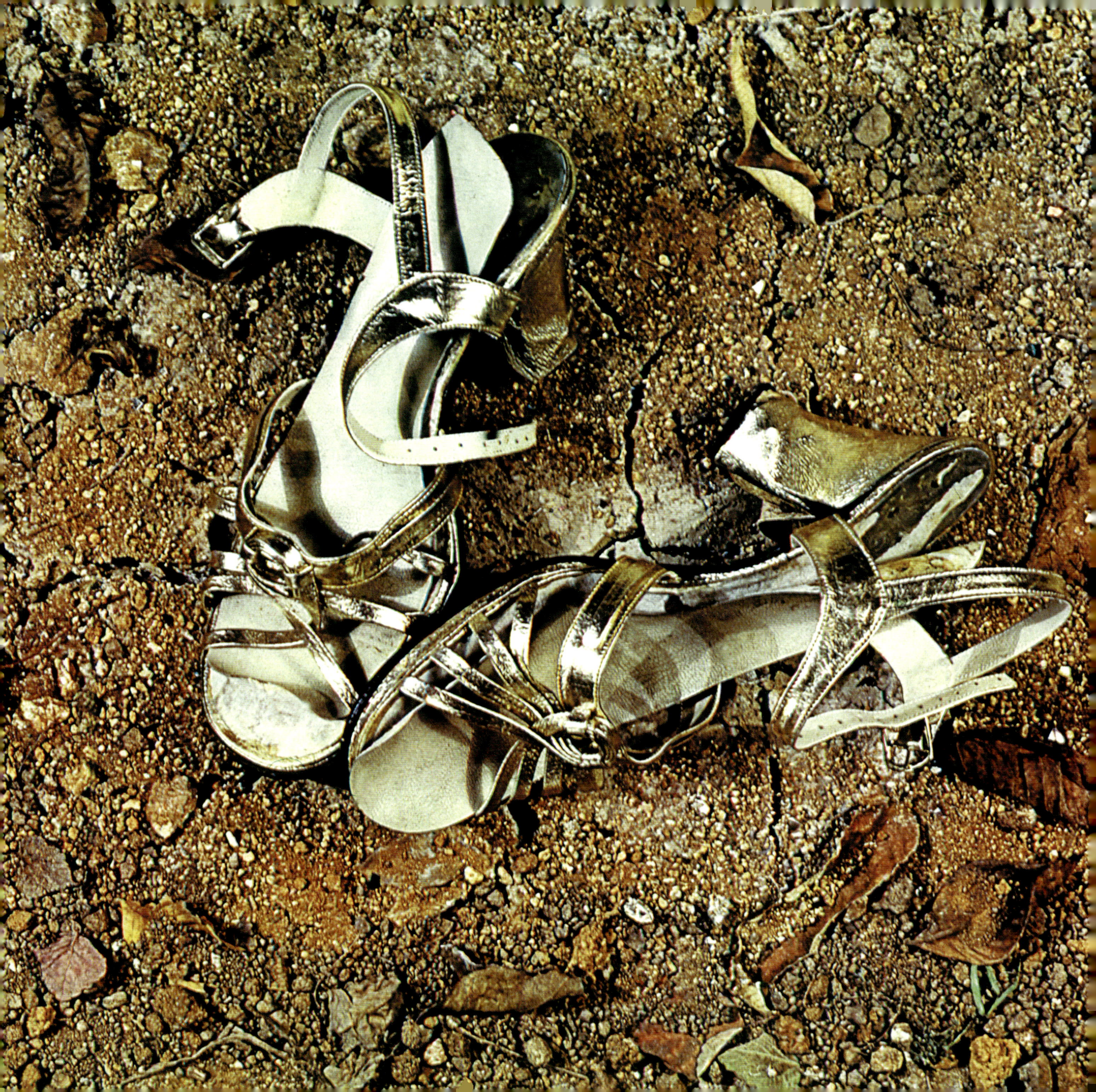

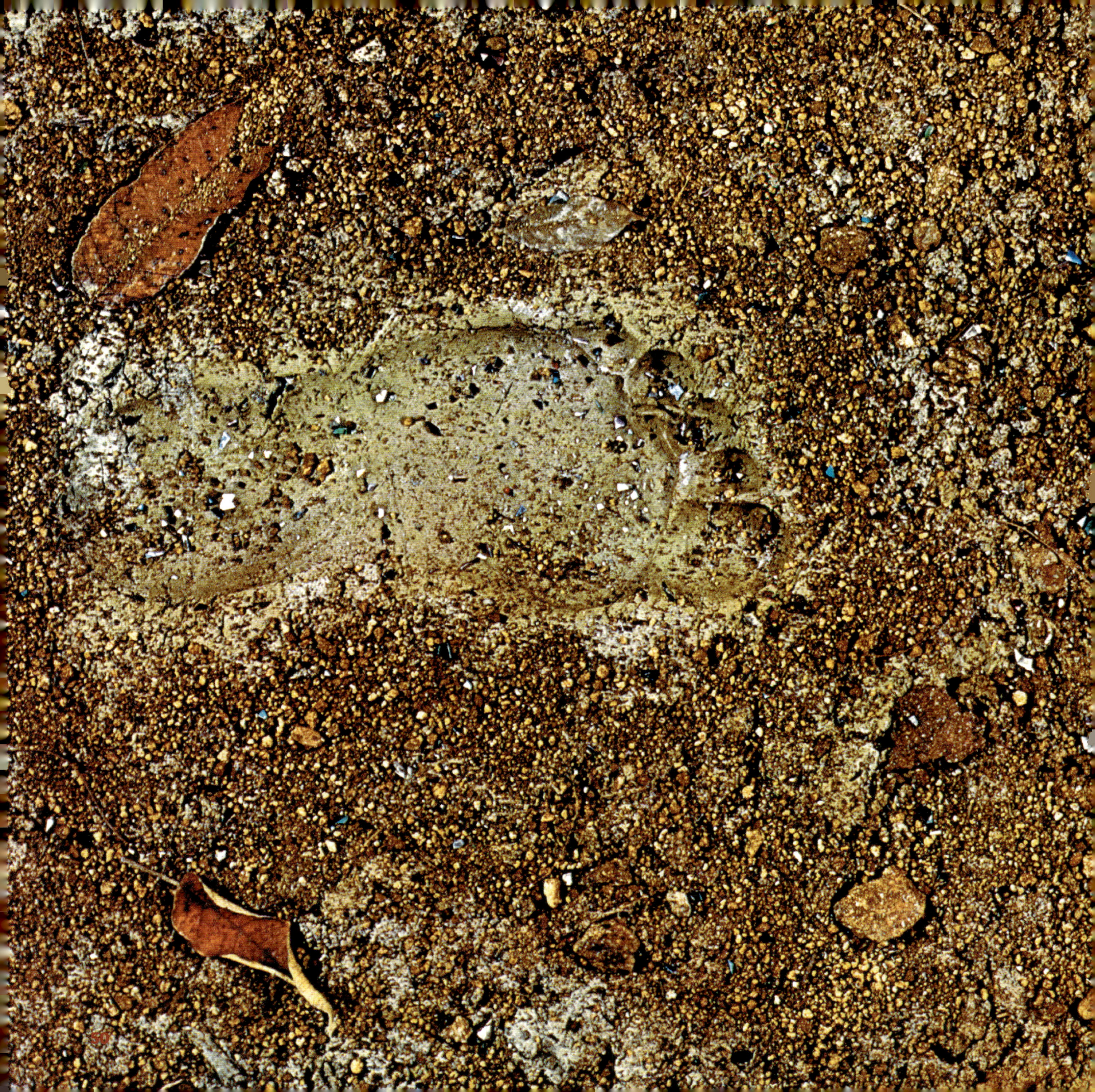

A educadora estendeu o celular para Rosa ver. Era uma imagem com uma pegada humana em um chão de terra.

— Aí, quando você abria o álbum, na parte de dentro tinha essa foto da sandália.

— Uau, demais! – exclamou Rosa. — É como se fossem dois momentos de uma história...

— É, também acho. Pra mim conta um pouco a história do samba. Primeiro, a pisada no chão, o terreiro, essa coisa forte da ancestralidade que a Clementina traz. Depois, a sandália da dançarina na roda de samba, ou da passista no sambódromo.

— Pode crer!

— Mas essa é uma interpretação minha, cada um vê uma coisa. O que o Elifas contou quando esteve aqui é que ele fez essa capa no estúdio dele em São Paulo. Construiu umas caixas de terra, fez a pegada, colocou em uma estufa para secar e depois pôs algumas pedras, folhinhas e areia. Escreveu o nome Clementina com terra e levou as caixas a um estúdio fotográfico.

— Hoje em dia os caras fariam isso tudo no computador... – observou Rosa.

— É, mas o resultado certamente não teria tanta verdade – respondeu Juliana.
— Dizem que, quando o Elifas mostrou a capa pronta para o diretor da gravadora, ele ficou com o pé atrás. Tipo: "É bonita, Elifas. Mas será que a Clementina vai entender?".
— Como assim? – indignou-se a menina. – Só por ser pobre e preta ela não ia entender o significado da obra? Absurdo!
— Foi o que o Elifas pensou também. Pra ele, essa era a melhor tradução daquele disco, e ele decidiu enfrentar a resistência do cara da gravadora. O disco foi lançado e, um mês depois, o Hermínio Bello de Carvalho fez uma homenagem a Clementina, então com quase 80 anos, na Funarte do Rio. A cantora fez questão que o Elifas fosse e fez um pedido especial: que ele gravasse o pé dela na terra pra fazer uma escultura como a que ele tinha feito para a capa do disco.
— Ou seja, ela entendeu tudo...
— Entendeu tudo! Clementina sabia que aquele pé na terra era a marca dela, a contribuição que deu à música brasileira.
— Nossa, demais! – disse Rosa. – Manda essas imagens pra mim?
Juliana digitou o número de telefone que Rosa lhe ditou e mandou as fotos. Em seguida, a menina recebeu outra mensagem:

Kelly
Rosa, cadê *vc*?

A estudante agradeceu as histórias, despediu-se da educadora e olhou de novo a pintura na parede:
— Que Mona Lisa brasileira, nada. É Clementina mesmo!

3

Rosa chegou em casa quando já estava anoitecendo. No ônibus, enquanto Kelly falava e falava e falava, ela só conseguia pensar na coincidência: as capas de disco, o bilhete de ônibus, a pintura e o troféu em homenagem a Herzog, o retrato de Clementina, a marca de pé na terra. Tudo do mesmo artista: Elifas Andreato.

A primeira coisa que fez, antes mesmo de tirar a mochila das costas, foi pegar a caixa de discos na cozinha e levar para o quarto. Chegou resolvida a ouvir os discos enquanto manuseava as capas. Pegou a primeira como se tirasse na sorte uma carta de baralho. Veio uma curiosa, que trazia apenas o nome do artista: Paulinho da Viola. Entrou no aplicativo do celular e procurou a imagem na discografia do artista. Estava lá. Ajustou o fone de ouvido na cabeça e deu *play* na primeira canção.

Nos primeiros acordes já estava novamente com a capa nas mãos. Era um álbum que se abria. Na parte da frente, além do nome do músico, o desenho incompleto de um cavaquinho sobre um fundo de madeira. Na parte interna havia uma foto do que parecia ser uma bancada de marceneiro. Formões e outras ferramentas, lascas de madeira e o corpo de um cavaquinho desmontado indicavam que era um instrumento em construção. E, na contracapa, a confirmação: uma mão talhando a madeira para esculpir o braço do cavaquinho.

A ficha técnica, com poucos nomes, ficava num cantinho: o diretor de produção, o produtor, técnicos de gravação, mixagem e corte. E o capista, que ela já presumia quem fosse.

Quando voltou à parte interna, reparou que lá embaixo, em letras brancas, havia um texto:

Muito obrigado a Estevão e Luis Soros, Oswaldo Boaretto, Joaquim Dutra e João Fernandes, pelas ferramentas e pela paciência que tiveram comigo. (Elifas Andreato)

– Gente, parece que ele tá agradecendo às pessoas que ensinaram ele a fazer esse cavaquinho... – deixou escapar Rosa, falando sozinha.

A capa guardava ainda outros segredos: o encarte que trazia as letras tinha uma foto de Paulinho da Viola segurando uma ferramenta, ao lado de uma bancada de marceneiro. Havia ainda outro encarte, que devia servir para guardar o disco de vinil. Parecia a foto de uma placa de madeira, com seus veios marrons e avermelhados. Bem num cantinho, discreto, um texto de Paulinho da Viola.

Algo de muito especial ocorre então.
E não à linha da superfície, como pode parecer a princípio.
Para alguns desses homens, o conhecimento do instrumento se deu muito antes: quando ele era ainda madeira.
Ou mais: quando era uma árvore, que descia chão a dentro até os úmidos e escuros segredos da vida - o mesmo chão que os pés do menino um dia pisou.
E ainda pisa.

Rosa não pôde deixar de lembrar da capa de Clementina com a marca de um pé no chão. Tudo se ligava. Tirou fotos das diferentes partes do álbum e mandou para Juliana, a educadora do museu.

PAULINHO DA VIOLA

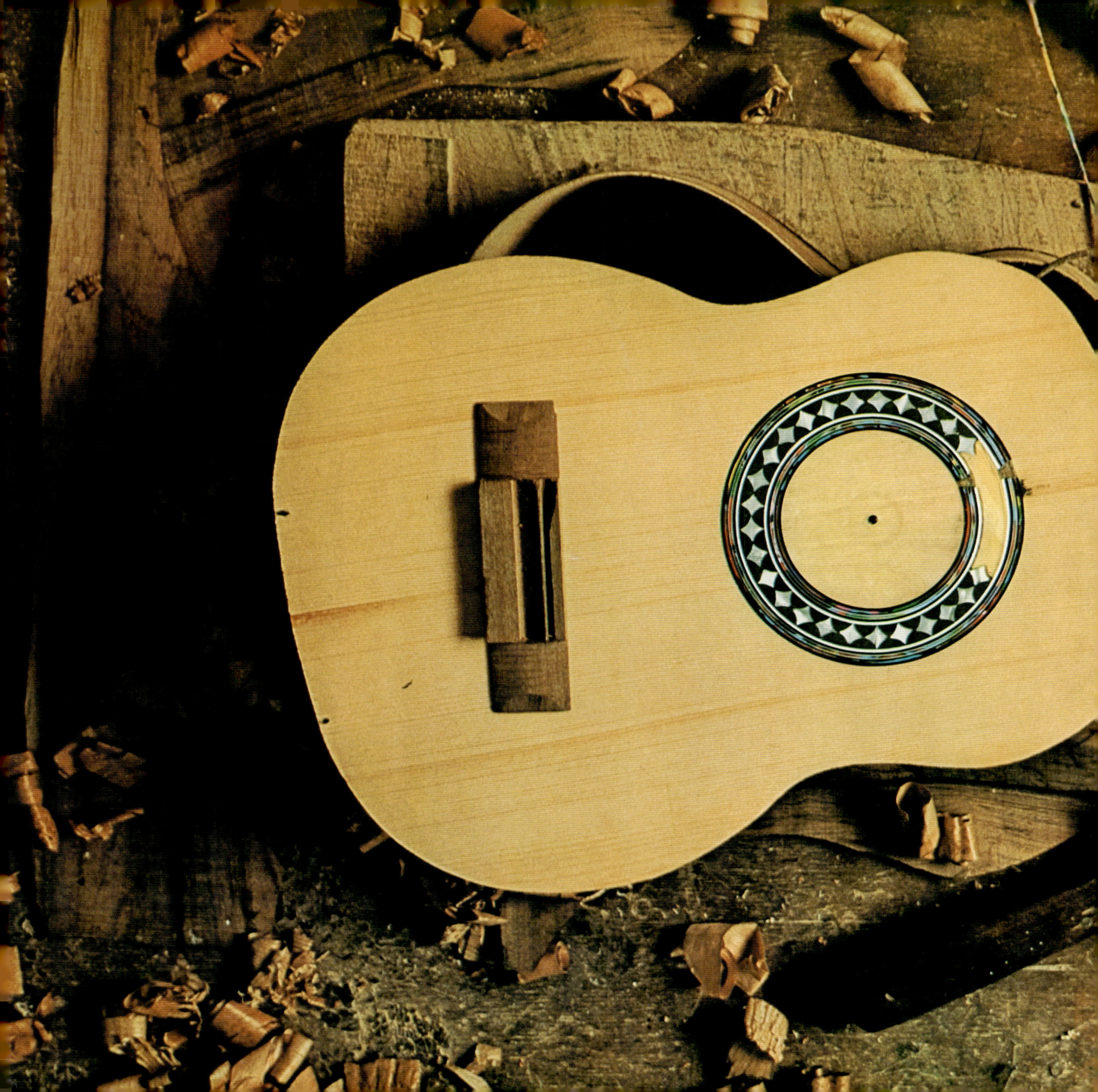

Muito obrigado a Estevão e Luis Soros, Oswaldo Boaretto, Joaquim Dutra e João Fernandes, pelas ferramentas e pela paciência que tiveram comigo. (Elifas Andreato)

Direção de produção: Mariozinho Rocha
Produção: Fernando Faro
Técnico de gravação: Dacy
Técnico de mixagem: Nivaldo Duarte
Técnico de corte: Osmar Furtado
Capa: Elifas Andreato
Fotos: Ivson

*Gravado nos estúdios da Odeon,
Rio de Janeiro, setembro de 1978*

31C 062 421133D

DISCO É CULTURA

EMI-ODEON. Fonográfica, Industrial e Eletrônica S/A
C.G.C. 33.249.640/0004-31 - Indústria Brasileira

EMI

ODEON

TAMBÉM EM CASSETTE

ESTÉREO

℗ 1978

Rosa

Conhece essa capa?

Juliana
Uau! Que linda.

Consegue ler o que o Paulinho da Viola escreveu?

Juliana
Sim! Isso é genial!

Em vez de falar sobre as músicas do disco, ele tá falando sobre a capa!

Juliana
Parece que as duas coisas se completam, formam um todo: as músicas e a capa.

Rosa
😀

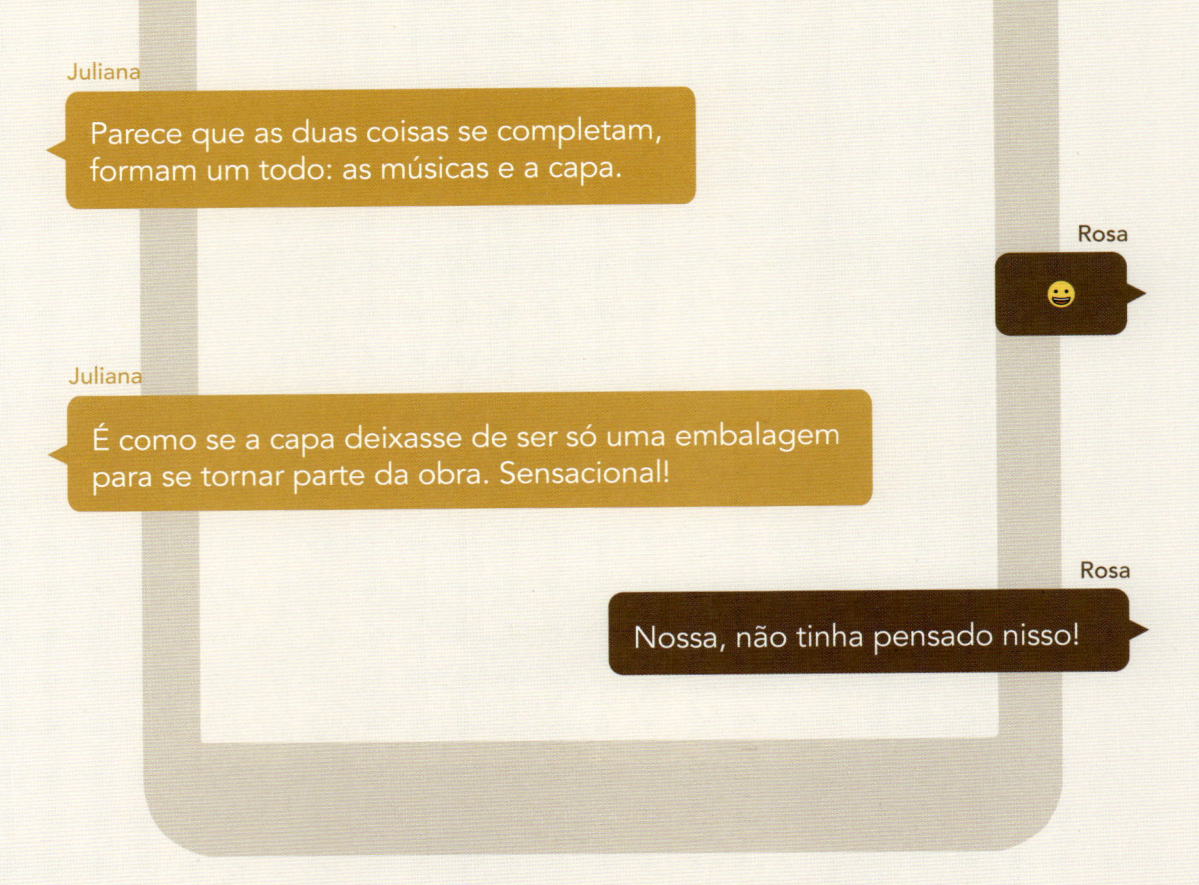

Juliana
É como se a capa deixasse de ser só uma embalagem para se tornar parte da obra. Sensacional!

Rosa
Nossa, não tinha pensado nisso!

Quando o disco acabou, Rosa pegou outra capa. Chamou sua atenção a presença, novamente, da madeira. Era um disco de João Nogueira: *Pelas terras do pau-brasil*. Na parte da frente, um retrato do artista que parecia ter sido gravado em uma placa de madeira.

Rosa fotografou e mandou para a nova amiga.

Rosa
[capa do disco JOÃO NOGUEIRA]

Rosa
E essa? Também do Elifas!

JOÃO NOGUEIRA

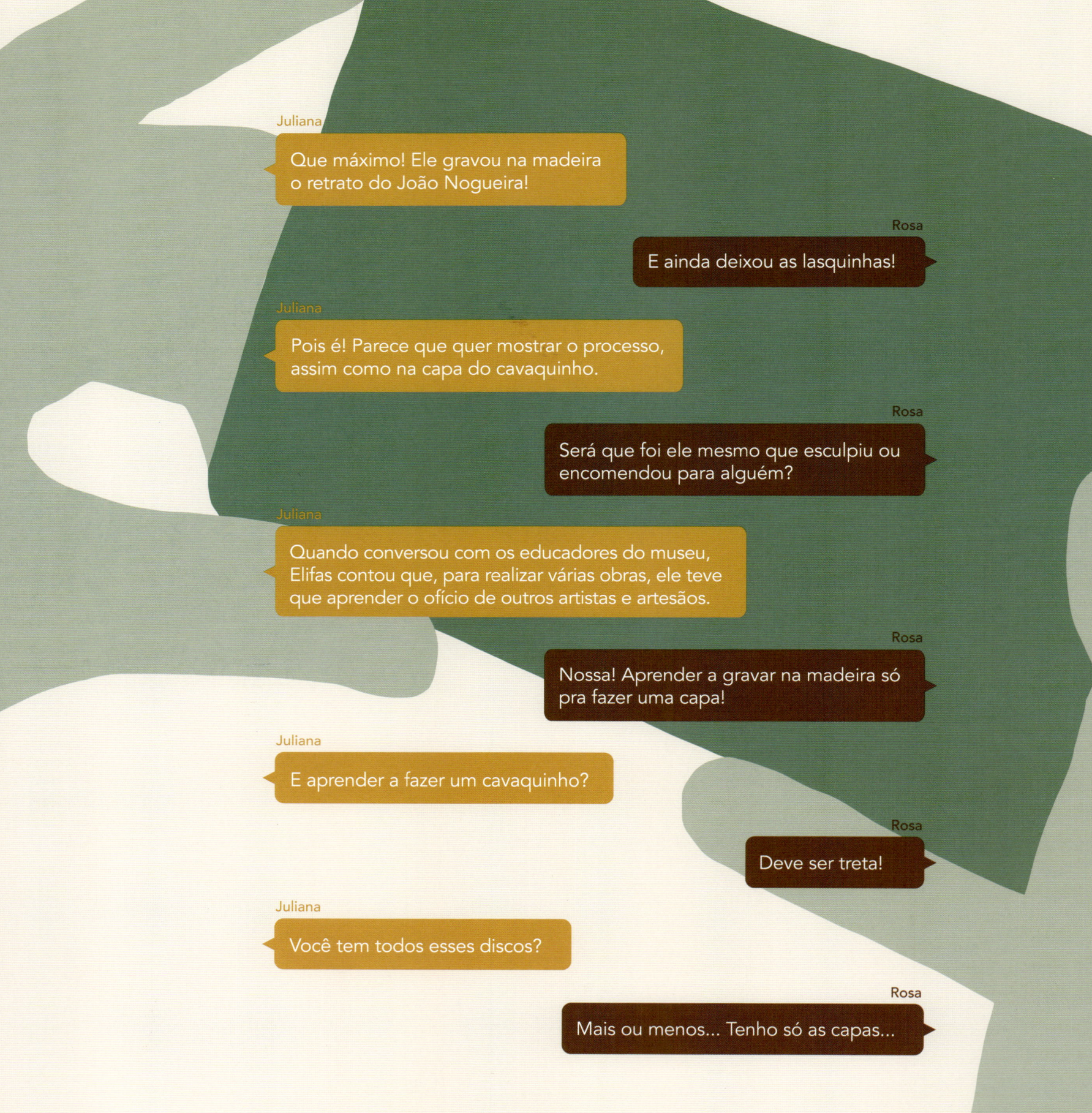

Juliana
Que máximo! Ele gravou na madeira o retrato do João Nogueira!

Rosa
E ainda deixou as lasquinhas!

Juliana
Pois é! Parece que quer mostrar o processo, assim como na capa do cavaquinho.

Rosa
Será que foi ele mesmo que esculpiu ou encomendou para alguém?

Juliana
Quando conversou com os educadores do museu, Elifas contou que, para realizar várias obras, ele teve que aprender o ofício de outros artistas e artesãos.

Rosa
Nossa! Aprender a gravar na madeira só pra fazer uma capa!

Juliana
E aprender a fazer um cavaquinho?

Rosa
Deve ser treta!

Juliana
Você tem todos esses discos?

Rosa
Mais ou menos... Tenho só as capas...

Juliana

Como assim? Você coleciona capas de disco vazias?

Rosa

Eram do meu avô. Até agora não entendi por que ele guardava só as capas.

Juliana

Tem outras do Elifas aí? Mostra mais!

Rosa

Olha, eu tô começando a desconfiar que só tem capa dele aqui...

Peraí, vou mandar mais uma.

Rosa dedilhou as capas, até que achou uma diferente.

Rosa

63

Fátima Guedes

Fátima Guedes

Juliana: Gente! É um caderno!

Rosa: Tem espiral e tudo! E as letras são todas escritas à mão, dá pra ver?

Juliana: Como num caderno de criança! Tem uns desenhinhos, que fofo!

Rosa: Repara no adesivo com o nome da cantora!

Juliana: É igualzinho ao que eu tinha no meu caderno de escola!

Rosa: *Miga*, quantos anos *vc* tem? Dá pra ver aqui, o disco é de 1980!

Juliana: 😂😂😂

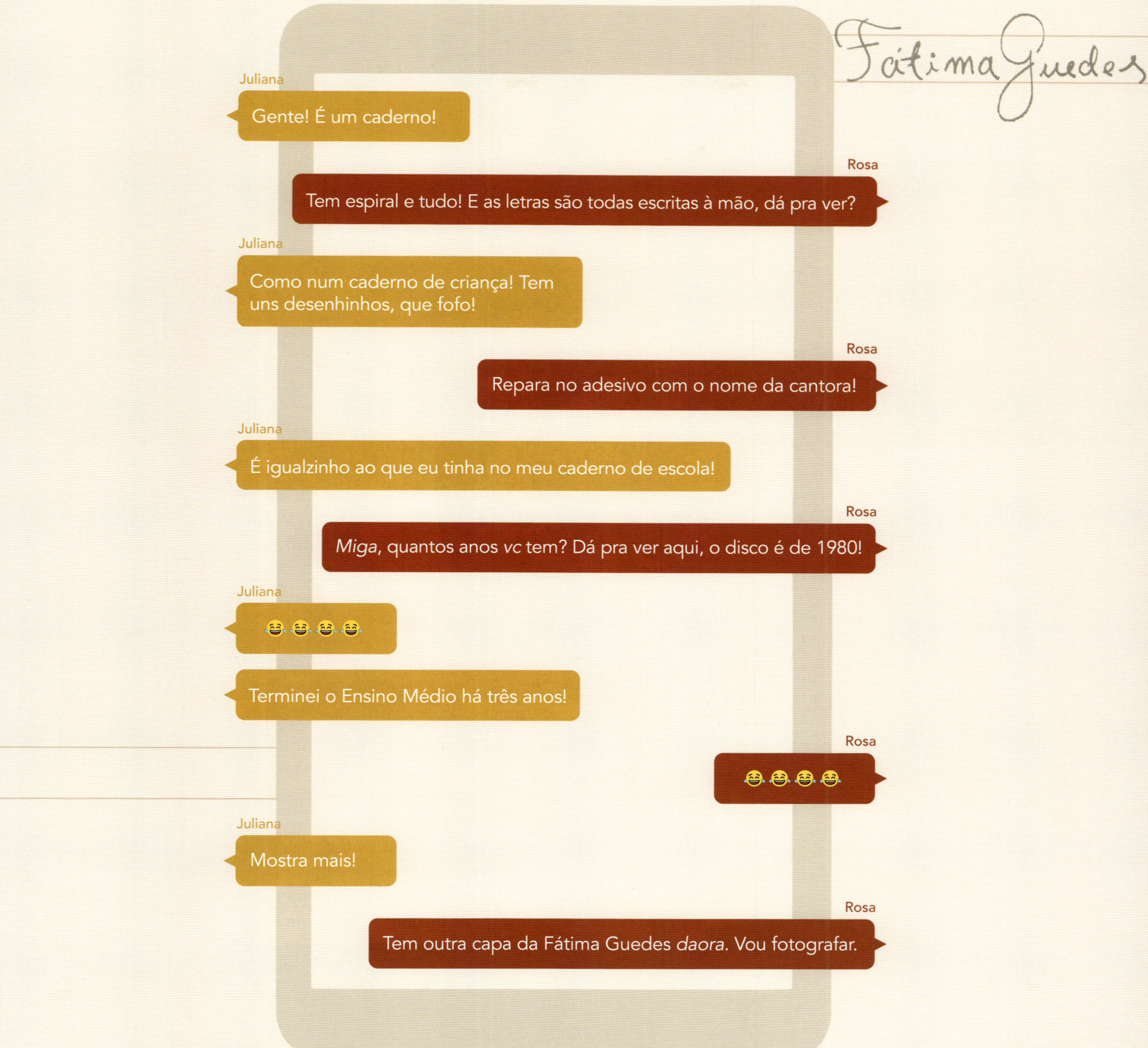

Juliana: Terminei o Ensino Médio há três anos!

Rosa: 😂😂😂😂

Juliana: Mostra mais!

Rosa: Tem outra capa da Fátima Guedes *daora*. Vou fotografar.

LÁPIS DE COR

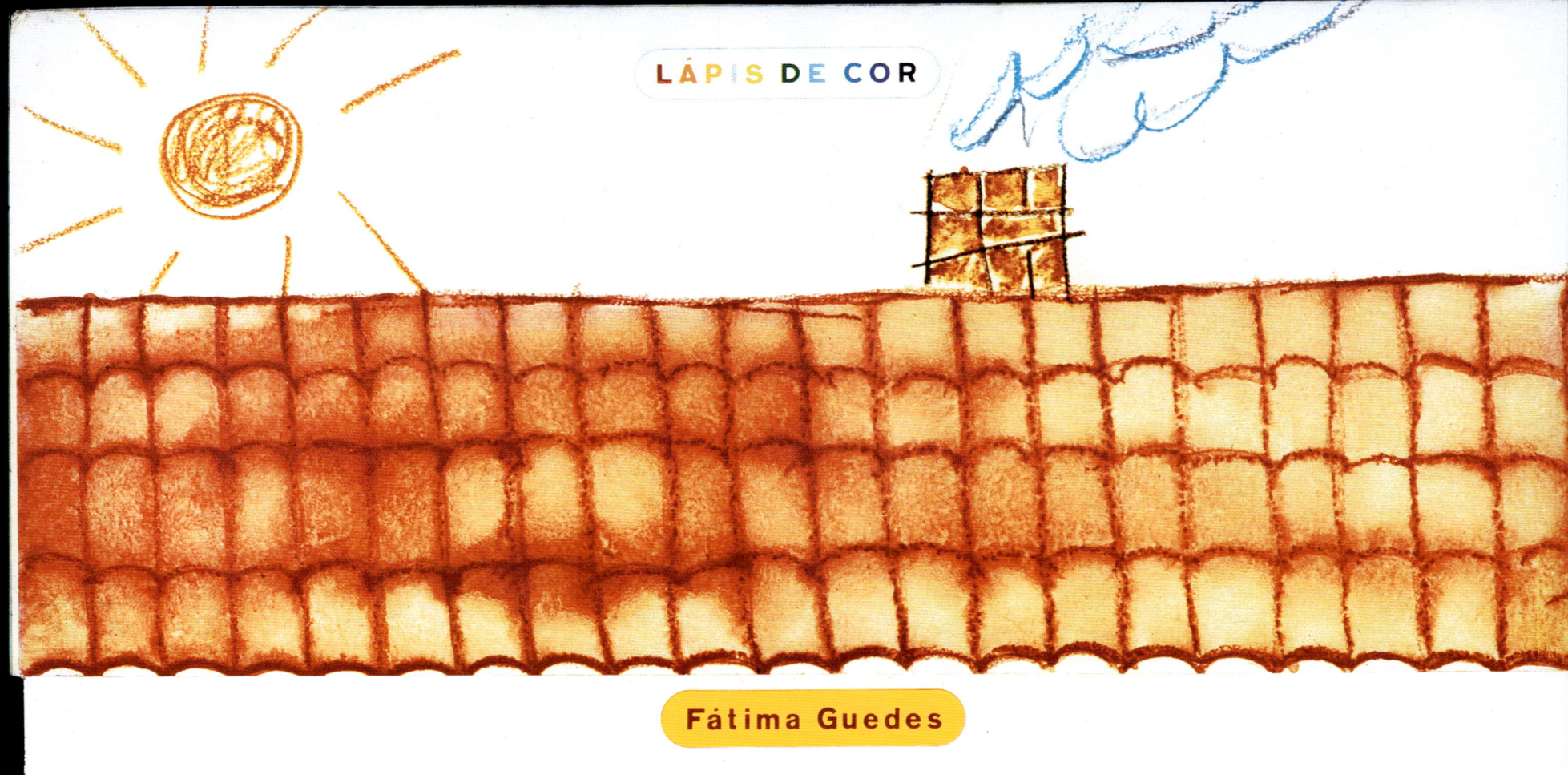

Fátima Guedes

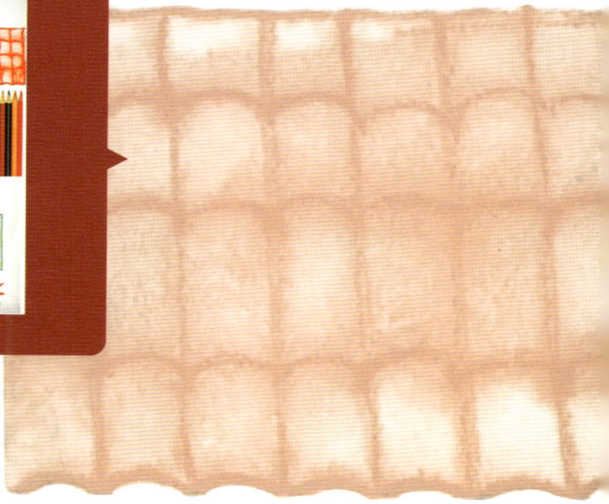

Juliana
Genial! A capa abre como uma caixa de lápis de cor! 😍😍😍😍

Rosa
Tem também essas fofuras de desenho!

Juliana
E a foto dela, como se estivesse na janela?

Rosa
Amei!

Juliana
Maaaais!

Rosa
Peraí!

Rosa
Olha essa aqui!

67

Juliana
Uma gaiola!

Rosa
Sim! E o fundo de céu. O que será que o artista quis dizer?

Juliana
Lá no museu, o coordenador do Educativo costuma falar que, se o artista quisesse dizer, ele escrevia! 😂😂😂

Rosa
😂😂😂

Juliana
Quando a gente está diante de uma obra de arte, adiciona o nosso olhar. A nossa interpretação é fundamental para a obra se completar.

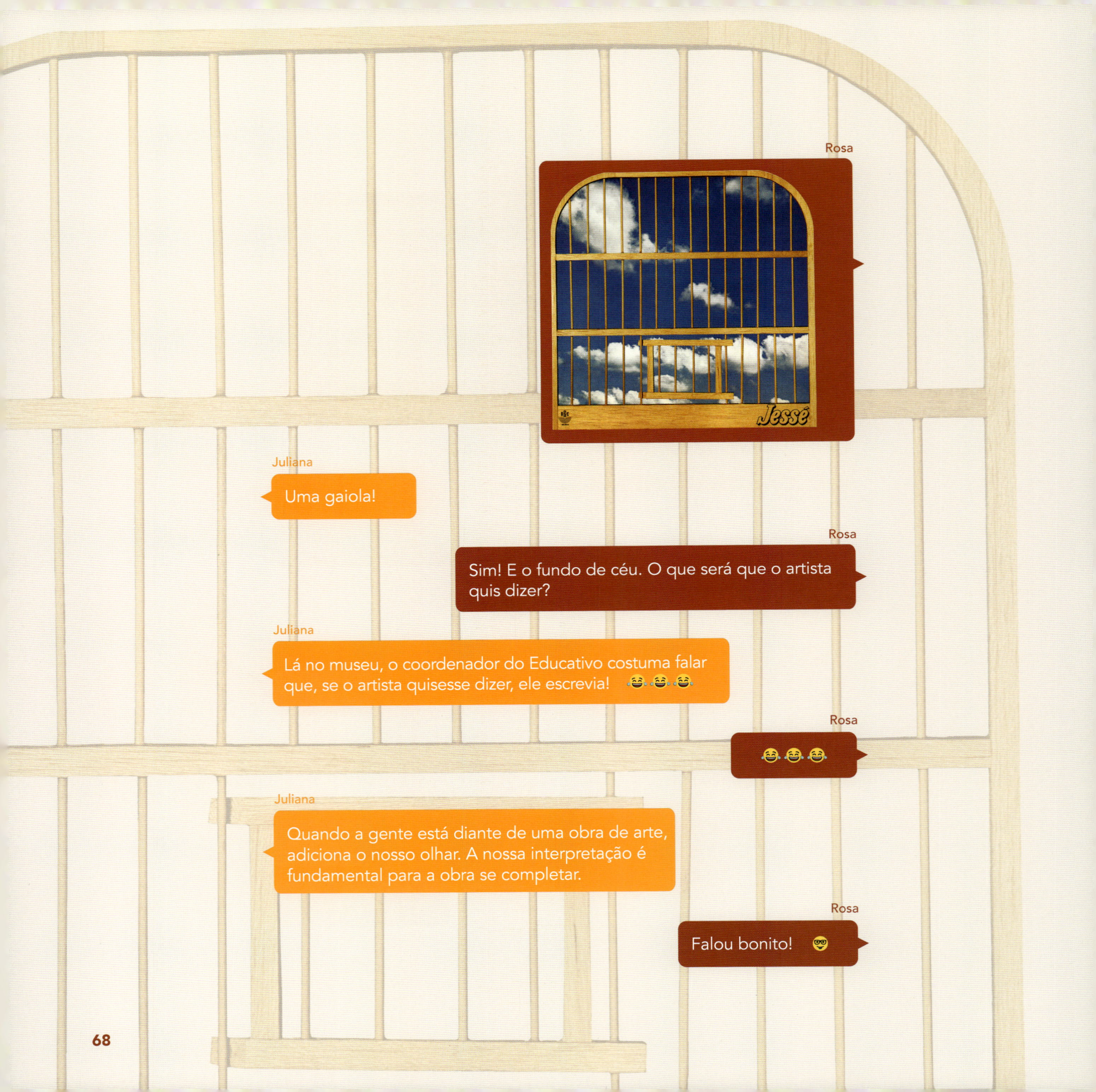

Rosa
Falou bonito! 🤓

Juliana
hahaha!

Pra você, o que esse céu representa?

Rosa
Não sei. A gaiola tá vazia, e o céu tá dentro dela... Ou será que esse é o ponto de vista do passarinho, que tá preso na gaiola, vendo o céu lá de dentro?

Juliana
Opa! Tá ficando interessante!

Rosa
Ou é o nosso ponto de vista, presos na gaiola? E o passarinho já foi embora faz tempo!

Juliana
O legal é que pode ser tudo isso. Ou nada disso! 😉

Rosa
🤔

Juliana
Talvez se você ouvir as músicas tenha alguma dica... Ou se conversar com o artista...

Rosa
Até parece...

Juliana

A forma da capa não é quadrada?

Rosa

Não, é uma forma de gaiola mesmo.

Como será que eles faziam isso? Não era à mão, né?

Juliana

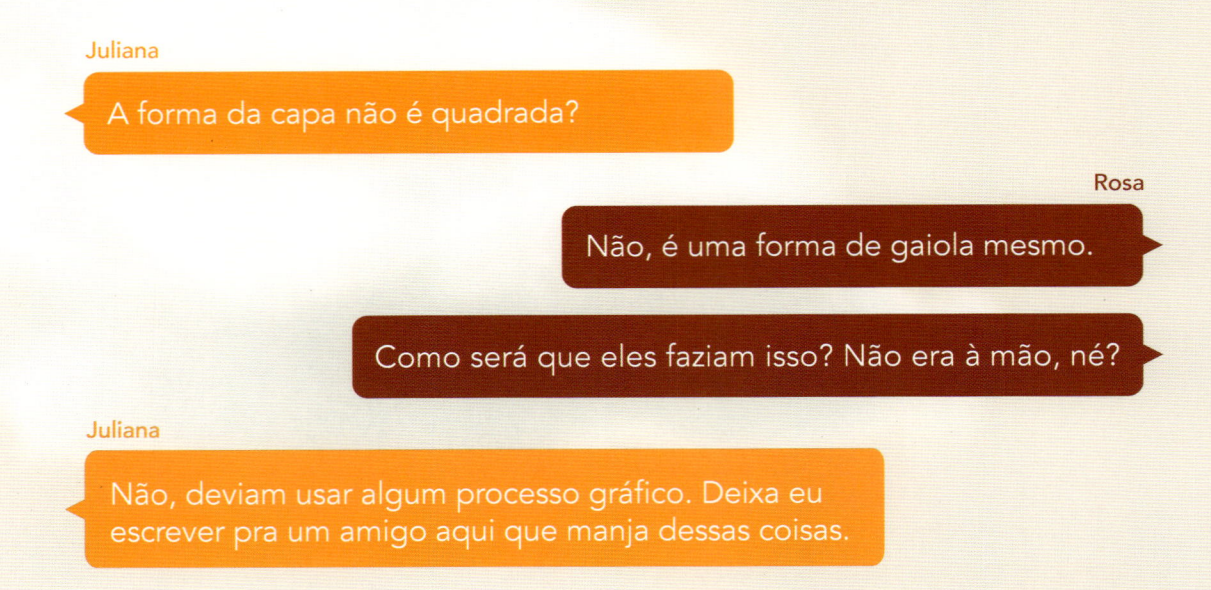

Não, deviam usar algum processo gráfico. Deixa eu escrever pra um amigo aqui que manja dessas coisas.

Enquanto Juliana trocava mensagens com o amigo, Rosa pegou outra capa: BANDALHISMO, de João Bosco. No celular, colocou a primeira música do disco, *Profissionalismo é isso aí*. Logo lembrou que já tinha ouvido esse samba em uma *playlist* da mc_bruxa, mas com outro artista. Fez uma busca na Wikipédia para esclarecer. Era a Banda Black Rio, em uma versão ainda mais dançante do que a de João Bosco, que já chamava para a pista.

Quando terminava de ler o artigo, ouviu a notificação de mensagem.

Juliana

Diz que as gráficas usavam facas pra cortar as capas desses discos.

Rosa

Tipo faca de cozinha? 🤓

Juliana

Hahaha! Perguntei a mesma coisa! 🤓

Jessé

71

Juliana

↪ Encaminhada
Não, Ju! Não é faca de cozinha, hahahaha!

↪ Encaminhada
São umas peças de metal que servem para cortar o papel e dar o acabamento para determinados produtos. Elas são feitas de acordo com o projeto gráfico e instaladas em uma máquina na linha de produção das gráficas.

↪ Encaminhada
No caso dessa capa que você mandou, provavelmente o *designer* fez um desenho indicando que gostaria que ela tivesse o formato de uma gaiola. Então a gráfica modelou uma faca nessa forma, e essa faca cortava as capas depois que elas passavam pelo processo de impressão.

↪ Encaminhada
Deu pra entender ou ficou confuso?

Daí eu perguntei pra ele se o *designer* pode inventar qualquer maluquice que a gráfica imprime.

↪ Encaminhada
Olha, se você estiver falando de um projeto em escala, tipo um produto comercial, você tem que manjar muito de gráfica pra não ter problema. Na época dessa capa, provavelmente o *designer* conhecia os gráficos que iam fazer a impressão, trocava ideias sobre a melhor forma de realizar os processos, acompanhava o trabalho dos caras... Os retoques nas imagens eram feitos na gráfica, manualmente, num processo artístico. Não era no computador, como hoje em dia.

Rosa

Que massa! Pra fazer a capa o cara tinha que ir lá trocar ideia com a peãozada!

Rosa

Ju, olha essa aqui!

73

JOÃO BOSCO
BANDALHISMO

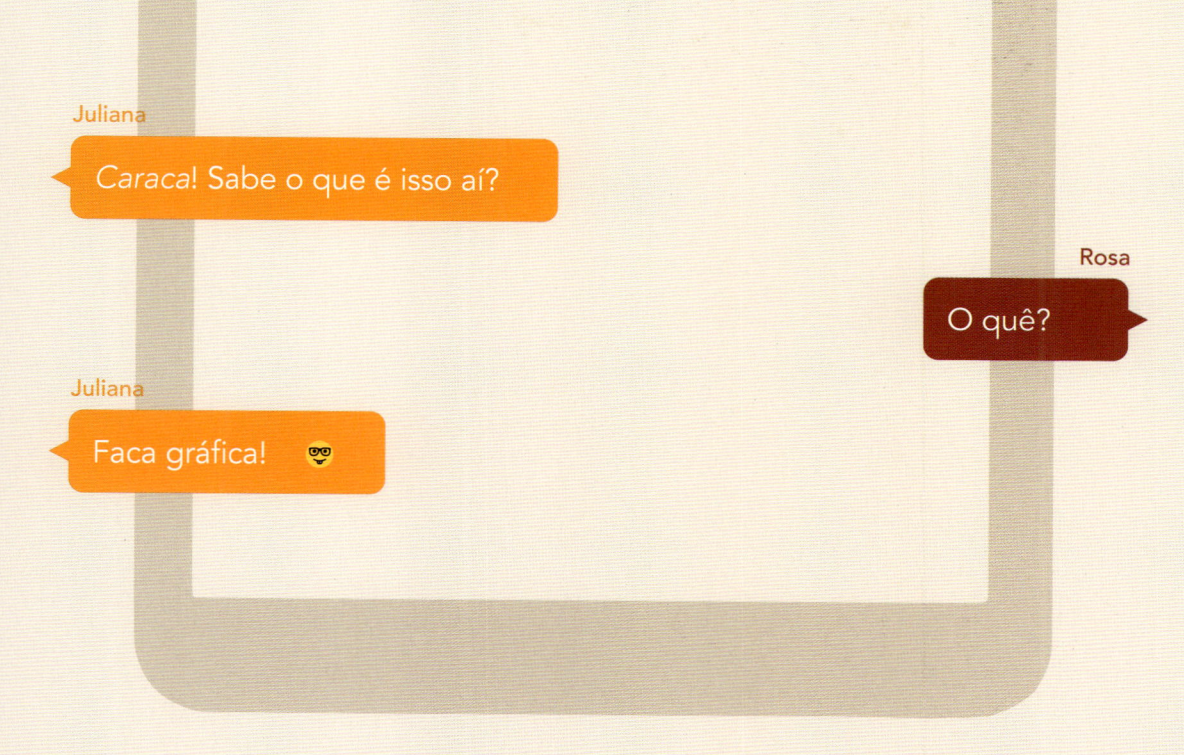

> **Juliana:** *Caraca!* Sabe o que é isso aí?
>
> **Rosa:** O quê?
>
> **Juliana:** Faca gráfica! 😎

Rosa foi dormir naquela noite lembrando o texto de Paulinho da Viola sobre os construtores de cavaquinho: "Para alguns desses homens, o conhecimento do instrumento se deu muito antes: quando ele era ainda madeira. Ou mais: quando era uma árvore, que descia chão adentro até os úmidos e escuros segredos da vida".

Quando estava quase pegando no sono, ocorreu a ela que o papel também vinha da madeira. E que, portanto, esse conhecimento todo a que se referia o compositor devia valer também para artistas como Elifas e para os operários com quem ele tramava seus projetos artísticos.

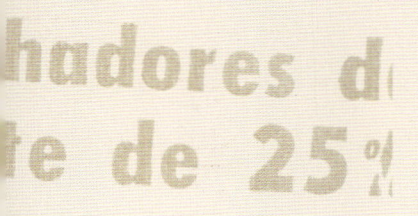

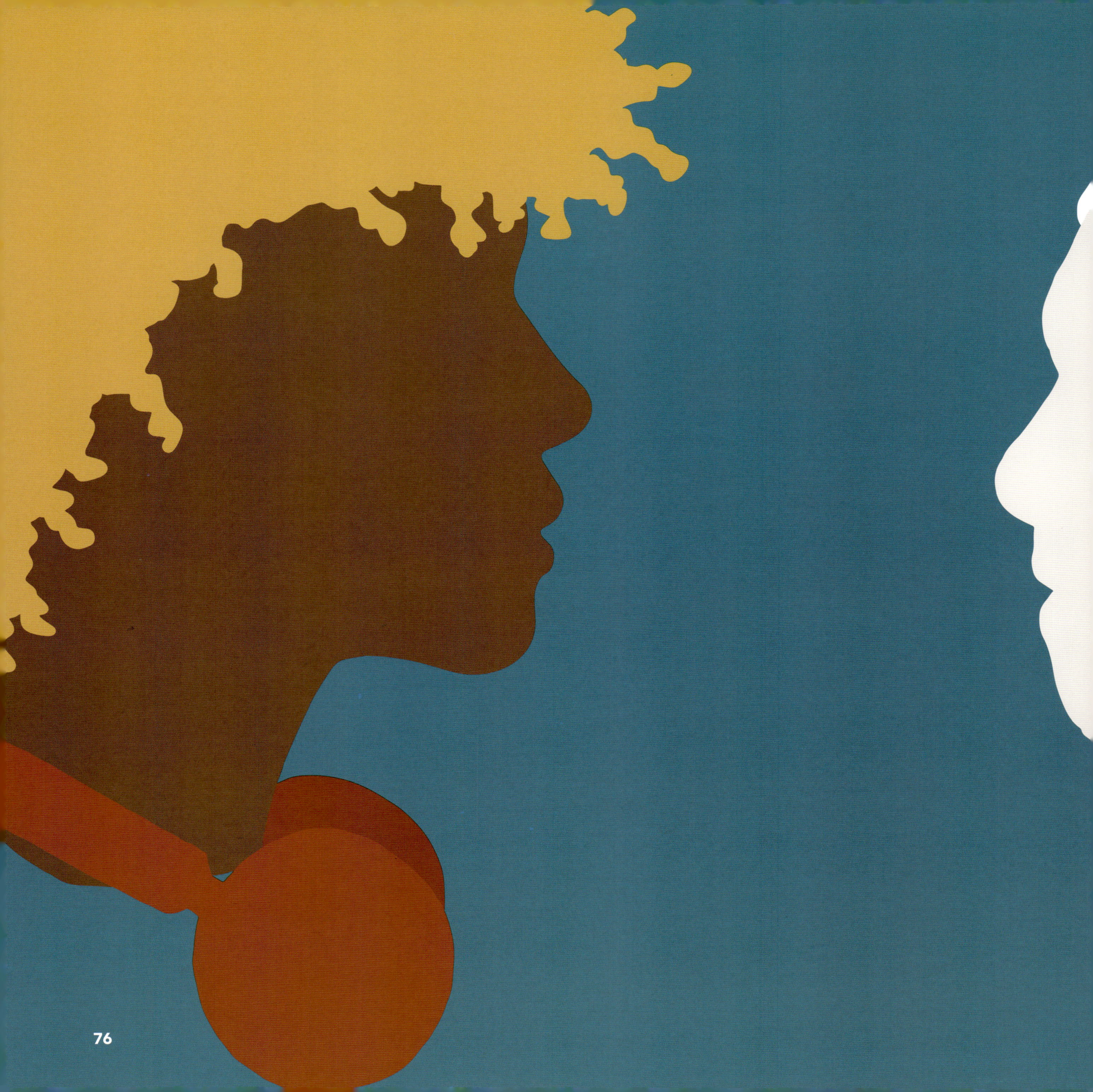

4

Naquele sábado, Rosa acordou animada. Parecia final de Copa do Mundo, ou sábado de Carnaval, ou último dia de aula. Mas era um sábado qualquer. Só não para Rosa, que tinha sido convidada por Sol para tocar com ela no *line-up* de uma balada no Centro. Seria a primeira vez que tocaria para alguém além de seus próprios amigos. E a convite da Sol, que participava de festas conhecidas em São Paulo, tocando remix de samba e outras brasilidades.

A festa seria à tarde e várias meninas do grupo de *DJs* tinham combinado de ir. Queriam se encontrar e assistir à estreia da caçula da turma.

Dandara sugeriu que Rosa levasse algumas das capas que vinha mostrando no grupo. A menina gastou boa parte da manhã selecionando suas preferidas. A essa altura, já tinha confirmado a suspeita de que todas as capas tinham sido criadas por Elifas Andreato, o que só acrescentou mais enigmas à caixa deixada pelo avô.

Por que comprar discos se nunca teve toca-discos? Por que guardar capas e dispensar os vinis? Por que todas elas eram do mesmo autor? Está bem que Elifas tinha feito trabalhos para Deus e o mundo – era um recordista em criação de capas de disco. Mas não ter nenhuma capa de outro artista? Aí já era demais.

A pulga que vinha atazanando sua orelha nos últimos dias atacava de novo. Rosa saiu de casa decidida a elucidar o mistério. Antes de colocar o pé na rua, encontrou Isaldina no portão, em seu habitual posto de sentinela.

– Vó, no que o vô trabalhava mesmo?

– Ah, Rosa, ele foi operário a vida toda.

– Mas trabalhava com o quê?

– Quando a gente começou a namorar, ele mexia com ferro, metalurgia, essas coisas. Depois foi fazer outros serviços. Você sabe que seu avô era quietão, né? Não falava nada de trabalho...

– Sei...

– Mas por que você tá com essas ideias na cabeça? É a história daqueles discos. Eu tava pensando: será que não tem alguma coisa a ver com aquela banda deles? Por que você não fala com o Valdir?

– Boa, vó! Vou lá conversar com ele.

Quando estava descendo a rua, Rosa encontrou Kelly. Toda arrumada, como sempre.

– Tá indo pro baile a essa hora, *fia*?

– Já acordo assim, *nega*! É o brilho da pessoa! – respondeu a amiga, finalizando a fala com duas palminhas, como se estivesse no centro de um palco. – Tu tá indo aonde?

– Vou na casa do seu Valdir pra ver se ele sabe alguma coisa sobre as capas de disco do meu vô. *Bora* comigo?

Kelly se juntou à missão. Dois quarteirões adiante, bateram palmas em frente ao portão descascado. Dona Neuma apareceu na laje, de lenço no cabelo e roupas no ombro – devia ter acabado de tirá-las do varal. Mesmo a poucos metros das meninas, gritou:

– Quem é?

– Oi, dona Neuma! É a Rosa, neta da dona Isaldina!

– O quê? – a senhora se esforçou para entender. – A dona da gasolina?

– É a Ro-sa! Neta da I-sal-di-na! – repetiu a menina, mais alto e mais devagar.

– E eu sou a Kelly, no brilho do *gloss* e da purpurina! – acrescentou a amiga, só pra tumultuar.

– Para, Kelly! Se não é pra ajudar, também não atrapalha!

As meninas esperaram na calçada enquanto Neuma descia para recebê-las. Era já perto do meio-dia e a rua estava cheia, naquele movimento típico dos sábados na periferia. Um carro passou tocando uma música de Criolo, e Rosa teve tempo de cantar junto um verso.

– Será que seu vô não tinha outra família, não?

– O que é que isso tem a ver, Kelly?

– Vai ver deixou as capas com vocês e os discos com a família da amante...

– Se liga, *nega*! Você tá vendo muita novela!

Finalmente dona Neuma apareceu no portão.

– Ah, Rosa! É você! Aconteceu alguma coisa com a sua vó? Faz tempo que você não vem aqui...

– Tá tudo bem com ela, dona Neuma. Eu vim mais foi pra falar com o seu Valdir.

– Ah, ele não tá muito bom hoje, não. Agora mesmo tá dormindo... Será que eu posso ajudar?

– Certeza que eles estão escondendo alguma coisa – disse Kelly, entredentes.

– Fica quieta! – devolveu a amiga, também sem mover a boca.

Rosa contou a história das capas para dona Neuma e disse que talvez seu Valdir pudesse dar alguma pista para ela entender de onde tinha vindo a caixa.

— Olha, Rosa, aqui em casa a gente sempre teve vitrola. Tinha até bastante disco, daqueles artistas da Jovem Guarda: Golden Boys, Renato e Seus Blue Caps, Martinha, Vanusa, Jerry Adriani...

A lista parecia que não ia mais ter fim. A memória da velhinha estava afiada.

— Tinha o Ronnie Von, que até hoje é um pão...

— Pão?! – debochou Kelly, sem ser ouvida.

— E, claro, Erasmo Carlos, Wanderléa... E todos os discos do Roberto Carlos. Valdir podia não ter dinheiro pro feijão, mas todo ano comprava o novo do Roberto.

— Que legal, dona Neuma! A senhora ainda tem esses discos? – animou-se Rosa.

— Nada, filha. Depois que a Claudinha veio morar em casa com as crianças, a gente deu tudo pro carroceiro levar.

— Que dó... – lamentou a menina, para depois voltar ao assunto. – Mas a senhora nunca viu meu vô e o seu Valdir falarem de música?

— Nem no tempo que fizeram aquela banda! Acho que o único assunto que eles tinham mesmo era futebol.

As meninas se despediram de Neuma meio frustradas – embora Kelly insistisse que a velhinha tinha alguma coisa a ver com o sumiço dos LPs.

– Onde será que ela enterrou? – falou, franzindo a testa.

Rosa só suspirou, olhando pra cima. No caminho de casa, resolveram fazer uma parada no bar do Juracy, um dos moradores mais antigos do bairro e compadre de seu Luís.

– Olha lá a dona Rosinha! – saudou o comerciante.

– Oi, seu Juracy!

– As moças gostariam de beber alguma coisa? Um rabo de galo, um conhaque de alcatrão...

Rosa devolveu a brincadeira:

– Hoje não vamos beber nada, obrigada!

– E então a que devo a visita?

– Estava querendo saber um pouco do meu vô...

Rosa contou novamente a história e o botequeiro se empolgou ao falar do velho amigo.

– Eu nunca vi alguém mais trabalhador do que o Luís! Não tinha dia de festa, final de campeonato, nascimento de criança que fizesse ele vir aqui beber com a gente. Sempre tinha compromisso, um chamado de última hora no serviço... O povo brincava que ele ia ficar rico: não gastava dinheiro com cachaça e trabalhava sem parar. Mas tinha um coração do tamanho do Grajaú!

– E ele não falava de trabalho?

– Sabe que eu nem lembro o que ele fazia? Sei que um dia trouxe do serviço esse desenho aí.

Projeto Adoniran Barbosa

- 16 A 19/07 • CRISTINA BUARQUE DE HOLLANDA E MAURO DUARTE
- 23 A 26/07 • ELZA SOARES
- 30/07 A 02/08 • TECA CALAZANS
- 06 A 09/08 • ITAMAR ASSUMPÇÃO

PREÇO C/S 5.000

SECRETARIA DE ESTADO DA EDUCAÇÃO

TEATRO CAETANO DE CAMPOS · PRAÇA DA REPÚBLICA

A menina nunca tinha reparado no cartaz que estava pendurado na parede do bar.

— Projeto Adoniran Barbosa... – falou baixinho.

— Olha, *nega*! A Elza Soares vai tocar! Você não é fã dela? – interrompeu Kelly, olhando o cartaz, distraída.

— Se a Elza Soares tá tocando lá até agora, eu não sei. Só sei que esse cartaz aí é de 1976, ano que a gente abriu o bar – gargalhou Juracy. – Seu vô sabia que eu era louco pelo Adoniran e me deu o cartaz de presente.

— *Mó* zoeira pintar ele de palhaço – criticou Kelly.

— Mas ele não era palhaço mesmo? – retrucou Juracy. – Sempre que eu ouço Adoniran cantando aquelas tragédias: a morte da Iracema atropelada, o despejo da maloca, me lembro desse desenho. Pra mim ele era esse palhaço amargurado mesmo...

— Que bonito isso que o senhor falou... – concordou Rosa.

— De outra coisa que o Luís trouxe, a Sueli nunca esqueceu... Você sabe que ele era padrinho dela, né? Filha, vem cá! – gritou Juracy, voltando o rosto para a porta da sala da casa, que emendava com o bar.

— Que foi, pai? – respondeu Sueli, apoiada no batente da porta.

— Traz aquele disco da arca de Noé pra Rosa ver. Aproveita e pega aquele do Toquinho também, que ela vai gostar.

Sueli voltou com as duas capas de disco.

— Ela não largava esse ARCA DE NOÉ por nada!

— Ah, eu amava mesmo – confirmou Sueli. – Tanto é que nunca quis cortar a capa.

— Como assim, cortar a capa? – estranhou Kelly.

— Deixa eu mostrar como era – respondeu a filha do comerciante, enquanto mexia no álbum.

— Tá vendo aqui? "Recorte e cole na capa do seu disco." Era pra criança cortar essas figuras e colar nessa capa branca.

— Que legal! – exclamou Rosa. – Cada criança fazia a sua própria capa!

— Olha que graça essa girafa! – apontou Kelly. – Tem foca, macaco, sapo, leão... E aqui atrás tem esse barco...

— É a arca de Noé – explicou Juracy.

— Então esse daqui deve ser o Noé.

— Não, esse é o São Francisco. É o santo protetor dos animais – esclareceu o dono do bar.

ARCA DE NOÉ

VINICIUS DE MORAES

com todo o amor do Vinicius

83

INSTRUÇÕES PARA VOCÊ MONTAR A CAPA DO SEU DISCO

1 - Recorte na linha pontilhada.
2 - Recorte e cole a arca.
3 - Ache um lugar para colar o Noé. (Observe que ele está sentado)
4 - Recorte e cole o nome do disco
5 - Recorte e cole os bichos da maneira que você quiser.
6 - Ouça a letra da Arca e descubra onde colocar o elefante

ALCEU VALENÇA   BEBEL   AS FRENÉTICAS
MARINA   MILTON NASCIMENTO   MATOGROSSO
MORAES MOREIRA   TOQUINHO
ELIS REGINA

201.612
401.612

estéreo

ariola

Artistas gentilmente cedidos
por: WEA, Elis Regina e Frenéticas,
SOM LIVRE, Fábio Júnior
BOCA LIVRE PRODUÇÕES, Boca Livre
POLYGRAM,
Chico Buarque

Bateria Mutinho, Nacho Mena, Sergio Della Monica • Baixo Luizão, Artur Ma...
Jose Briamonte • Violão Toquinho, Piska, Zé Renato, Lourenço Baeta, Mauri...
Acordeon Oswaldinho • Viola David Tygel • Ritmo Joãozinho, Marçal •
Trombone Jorge Magalhães, Edmundo Maciel • Trumpetes José Pinto, Hami...
Perrota, Walter Hack • Viola Stephany, Arlindo Penteado • Cello Alceu...
Fagote Antonio Elmo • Coro Bebel, Lúcia Lins, Regininha, Fabíola, Luna...

ARIOLA DISCOS FONOGRÁFICOS E FITAS MAGNÉTICAS LTDA. CGC - 30299028/0001-32 INDÚSTRIA BRASILEIRA

— Então Noé deve ser esse aqui – arriscou mais uma vez a amiga de Rosa, enquanto olhava a parte de trás do encarte.

— Não, esse aí é o Vinicius de Moraes – gargalhou de novo Juracy. – É dele o disco.

— Oxe, e então cadê o Noé?

— Boa pergunta, Kelly... Cadê o Noé? – achou graça Sueli.

— Esse disco não parava de tocar aqui em casa – disse Juracy. – A música da casa muito engraçada, a do relógio, a das abelhinhas, a da foca...

— A do pato! – completou a filha. – E também a da corujinha... A mãe dizia que eu colocava *A corujinha* pra tocar e chorava que nem uma cachoeira!

— Era mesmo! – riu Juracy. – Quem cantava era a Elis! Pega lá aquele quadro que seu padrinho me deu!

Sueli voltou da sala trazendo um pôster com um retrato de Elis Regina.

— O Luís também sabia que eu era louco por ela. Elis e Adoniran cantando *Tiro ao Álvaro* é demais!

— Eita, zoaram ela também! – exclamou Kelly. – Ou será que o artista também achava que ela era uma palhaça?

— Pode ser... – respondeu Juracy. – Esse aí o Luís me trouxe depois que a Elis morreu. Parece que estavam fazendo um evento lá no Centro Cultural São Paulo para homenagear ela. Não sei se ele passou por lá e ganhou um desses ou o que foi. Só sei que deixou aqui. Depois eu enquadrei e pendurei na sala.

— Que lindo! – disse Rosa, emocionada.

— *Vixe*, escreveram infelizmente com S! – apontou Kelly. – Que burros!

— É uma brincadeira com a palavra: infELISmente – explicou Sueli. – Acho que é um jeito de lamentar a morte da Elis.

— Ah, entendi! – suspirou a amiga de Rosa.

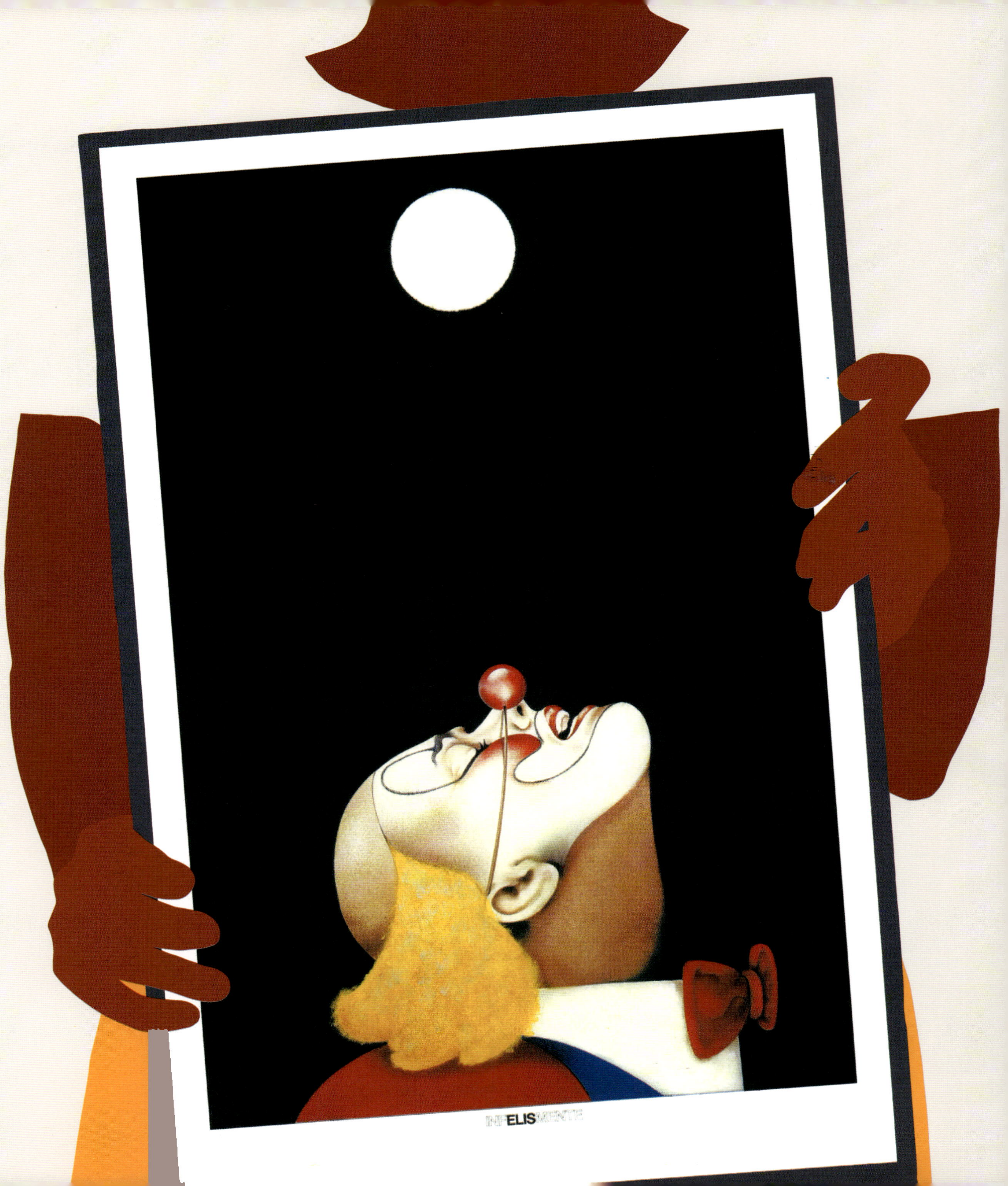
INFELISMENTE

— Mostra o disco do Toquinho pra elas — pediu Juracy.

Sueli pegou CANÇÃO DE TODAS AS CRIANÇAS.

— Tá vendo que aqui na capa tem um espacinho pra colar a foto do dono? — mostrou às meninas.

Rosa logo reparou que embaixo do título estava escrito: *Músicas de Toquinho e Elifas Andreato*. "Mas será possível?", pensou consigo. "Agora, além de desenhar, esse Elifas faz músicas!"

Na contracapa, em letras garrafais, leu: Declaração Universal dos Direitos das Crianças. E notou que para cada música havia um princípio. Embaixo de *Deveres e direitos*, por exemplo, o princípio 1, que assegura às crianças o direito à igualdade, "sem distinção de raça, religião ou nacionalidade". Abaixo de *Be-a-bá*, algumas palavras sobre o direito à educação, "para desenvolver aptidões, opiniões e responsabilidades morais e sociais" (princípio 7). E assim por diante.

Rosa leu também um trecho de um texto que ficava no pé da contracapa:

Em 20 de novembro de 1959, a Assembleia Geral das Nações Unidas aprovou os dez princípios da Declaração Universal dos Direitos das Crianças, mas até hoje eles são desconhecidos pela maioria dos povos do mundo.

Agora, fizemos este disco para ver se, cantando, será possível fazê-los mais conhecidos...

Sueli contou que um dia levou o disco para a escola e as professoras fizeram uma atividade de fim de ano com as crianças. Dentro da capa havia o roteiro de uma peça de teatro criada por Elifas, além de instruções para encená-la, utilizando como trilha sonora as músicas do disco e dando indicações de figurino, coreografia, cenário e até de divulgação.

— Eu já era maiorzinha. Fiquei com um orgulho danado de ter ajudado as professoras.

— E qual era a história? — perguntou Kelly.

— Não me lembro muito bem, dá pra ler aqui... Era sobre um aviador que caía no deserto, procurando um tesouro. No fim ele descobria que o tesouro era a infância.

— Tinha alguma coisa a ver com *O pequeno príncipe* — recordou Juracy. — Era tipo a continuação daquela história... Lembro que os pais todos choravam. A Sueli era uma bonequinha negra linda. Tem até uma foto em cima do aparador.

— Depois fizeram um especial, acho que do Dia das Crianças, na Globo — continuou o dono do bar. — Tinha Chico Anysio, Lima Duarte, Stênio Garcia... O papel da Sueli ficou com a Marieta Severo. Aqui entre nós, eu preferia a atriz original...

— Menos, pai. Menos...

Rosa olhou no relógio do celular e viu que estava atrasada para a festa. Agradeceu a conversa e levantou poeira, quase deixando a amiga para trás.

***

TOQUINHO

Canção de Todas as Crianças
MÚSICAS DE TOQUINHO E ELIFAS ANDREATO

FALTA VOCÊ
COLE AQUI A SUA FOTOGRAFIA

DECLARAÇÃO UNIVERSA[L]

1 DEVERES E DIREITOS PRINCÍPIO I
"A criança tem direito à igualdade, sem distinção de raça, religião ou nacionalidade".

2 GENTE TEM SOBRENOME. PRINCÍPIO III
"A criança tem direito a um nome e a uma nacionalidade".

3 BÊ-A-BÁ PRINCÍPIO VII
"A criança tem direito a educação, para desenvolver as suas aptidões, suas opiniões e o seu sentimento de responsabilidade moral e social".

4 NATUREZA DISTRAÍDA PRINCÍPIO V
"A criança deficiente tem direito à educação e cuidados especiais".

5 CASTIGO NÃO PRINCÍPIO IX
"A criança não deve ser abandonada, espancada ou explorada, não deve trabalhar quando isso atrapalhar a sua educação, saúde e o seu desenvolvimento físico, mental ou moral".

DIREÇÃO DE PRODUÇÃO: FERNANDO FARO
PRODUÇÃO EXECUTIVA: WAGNER GUIMARÃES
COORDENAÇÃO DE PRODUÇÃO: MARIA HELENA
ESTÚDIO DE GRAVAÇÃO: MOSH ESTÚDIO LTDA
TÉCNICO DE GRAVAÇÃO: (PRIMO)
AUXILIAR DE GRAVAÇÃO: RUI PLANTINHA
MIXAGEM: PRIMO E TOQUINHO
CORTE: JOSÉ ANTONIO
CAPA E ENCARTE: ELIFAS ANDREATO
ARTE FINAL: ARTE OFÍCIO ALEXANDRE HUZAK
COORDENAÇÃO GRÁFICA: SULLA ANDREATO
ARRANJOS E TECLADOS: AMILSON GODOY
VIOLÃO: TOQUINHO
BAIXO: IVANI SABINO
BATERIA: ROGERIO CAUCHIOLI
PARTICIPAÇÃO ESPECIAL: OSWALDINHO DO ACORDEON NA MÚSICA BÊ-A-BÁ
CORO: CIDINHA, MARIA RITA, MARIA DO CARMO, SUELI E BERNADETE
TROMPETE: TENISSON RUFINO DE CALDAS E WALMIR DE ALMEIDA GIL
SAX ALTO: NAILOR AZEVEDO
SAX TENOR: UBALDO VERSOLATO
TROMBONE: WALTER BATISTA DE AZEVEDO
GUITARRA: ELIAS ALMEIDA
VIOLINO: ELIAS SLON, CAETANO DOMINGOS FINELLI, JORGE GISBERT IZQUERDO, ANTONIO FELIX FERRER ALBERTO PINCHAS JAFFE, JOHN WALTER SPINDLER, MARIA VISCHNIA
BOUVET E GERMAN WAJNROT
VIOLA: ESTELA CEREZO ORTIZ
CELLO: ZYGMUNT STANISLAW KUBALA E JULIO CEREZO ORTIZ
PERCUSSÃO: PAPETE
PROGRAMAÇÃO DE TECLADOS: JOSÉ MUTARELLI
ARREGIMENTADOR: GERMAN WAJNROT

PolyGram Discos
FABRICADO E DISTRIBUÍDO POR FONOBRAS, DISTRIBUIDORA FONOGRÁFICA BRASILEIRA LTDA. - CGC Nº 28.010.618/0001-32, SOB LICENÇA DA POLYGRAM DO BRASIL

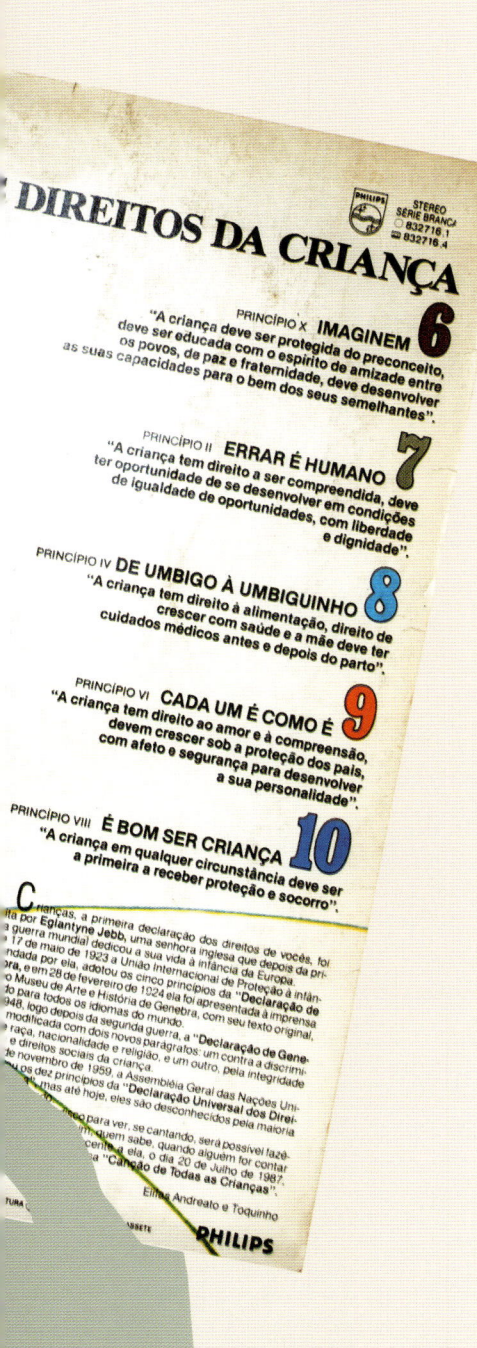

Jefferson se espantou quando a irmã chegou em casa feito um furacão, quase derrubando tudo enquanto se arrumava. Sentado no sofá diante da tevê, perguntou a Isaldina para onde a menina ia com tanta pressa.

– Diz que vai pra uma festa. Acho que quer levar essas capas pra passear no centro da cidade...

O primogênito da família tinha decretado folga naquele sábado. Estava decidido a não encostar no volante do carro que rodava de lá pra cá, levando gente de um canto ao outro. Mas, vendo a empolgação de Rosa, decidiu fazer a única viagem do dia – desde que com o aplicativo desligado.

– Calma, Rosinha. Eu te levo pra essa balada aí.

– Então eu também vou! – se apressou em dizer Isaldina, para a surpresa dos moradores da casa.

Depois esclareceu:

– Não pra balada. Também vou levar a Rosa.

No caminho, a avó reparou na primeira das capas que formavam a pilha que a neta havia separado para mostrar às amigas.

– Era tão bonita essa Clara Nunes! – disse, enquanto olhava a capa de NAÇÃO, da cantora mineira. – Ela era desse jeitinho mesmo.

– A senhora lembra dela, vó?

– Ô, se lembro! Ela aparecia toda hora na tevê. Tocava na novela, fez aquele clipe de *Morena de Angola* no *Fantástico*...

Isaldina arriscou uns versos:

– *Morena de Angola que leva um chocalho amarrado na canela...*

89

Clara

Nação

Elifas Andreato

Rosa riu, pensando que nunca tinha ouvido a avó cantar.

— Eu vi na internet que esse disco foi o mais vendido da carreira dela. Tem gente que diz que foram quase 1.300.000 cópias!

— Deve ter ficado rica! — disse Jefferson.

— É, mas esse foi o último disco dela...

— Morreu tão moça! — lamentou Isaldina. — Lembro do jornal noticiando. O povo chorava...

Rosa tirou da pilha outra capa da cantora. Era *Clara*. Havia achado interessante como a arte parecia uma sobreposição de objetos: um galho com folhas, o trançado de uma esteira, um arame farpado e um passarinho feito de penas.

— Olha que bonita essa aqui — mostrou para Isaldina.

— Mas cadê a foto dela na capa?

— Não tem foto, vó. Pra mim, Clara Nunes é esse passarinho aí.

CLARA

5

O coração de Rosa palpitou quando o segurança abriu a porta para ela, depois que a *hostess* da festa fechou a pulseirinha preta em seu braço. Não era de público, não era da produção. Era a pulseirinha dos artistas.

Ela entrou no salão lotado, um tanto escuro para uma tarde de sábado. Para complicar, a fumaça branca e as luzes piscando tornavam mais difícil se ambientar naquele lugar. Quando os olhos já estavam se acostumando, depois de zanzar feito barata tonta na pista de dança, sentiu um cutucão em seu ombro:

– Tá levando esses discos pra *DJ*, garota? – alguém falou em tom ríspido. – Pode deixar isso comigo!

– Não, é que eu vou...

– Tô te *trolando*, Rosa! – interrompeu Dandara, abraçando a menina e levando-a para junto das amigas.

– Gente, é uma criança mesmo! – exclamou Gabi.

– Chega mais, caçulinha! – falou Ela.

– Saca só os bolachões que a *mina* trouxe! – comemorou Dandara. – Só pedrada!

– Mostra pra gente a seleção! – pediu Gabi.

Animada, Rosa começou com as capas de Clara Nunes. Sol não acreditou.

– Para tudo! Esse disco aí, CLARA, começa APENAS com *Portela na avenida*! É o começo do meu *set* de hoje, filha!

As meninas cantaram em coro, levantando latinhas:

– *Salve o samba, salve a santa, salve ela / Salve o manto azul e branco da Portela / Desfilando triunfal / Sobre o altar do Carnaval!*

– *Meu*, posso levar o disco quando for tocar? – pediu a *DJ*.

– A capa tá vazia, tá lembrada?

– Tô ligada. Mas só essa capa aqui já é um troféu!

Rosa concordou e seguiu exibindo os discos que tinha trazido. Pegou uma capa preta de Tom Zé: NAVE MARIA. A parte da frente tinha um recorte, que a menina já sabia ter sido feito com uma faca gráfica. Pelo rasgo era possível ver parte da cabeça do artista. Quando se puxava o encarte, notava-se que era uma foto de Tom Zé, nu, dentro de um saco plástico transparente.

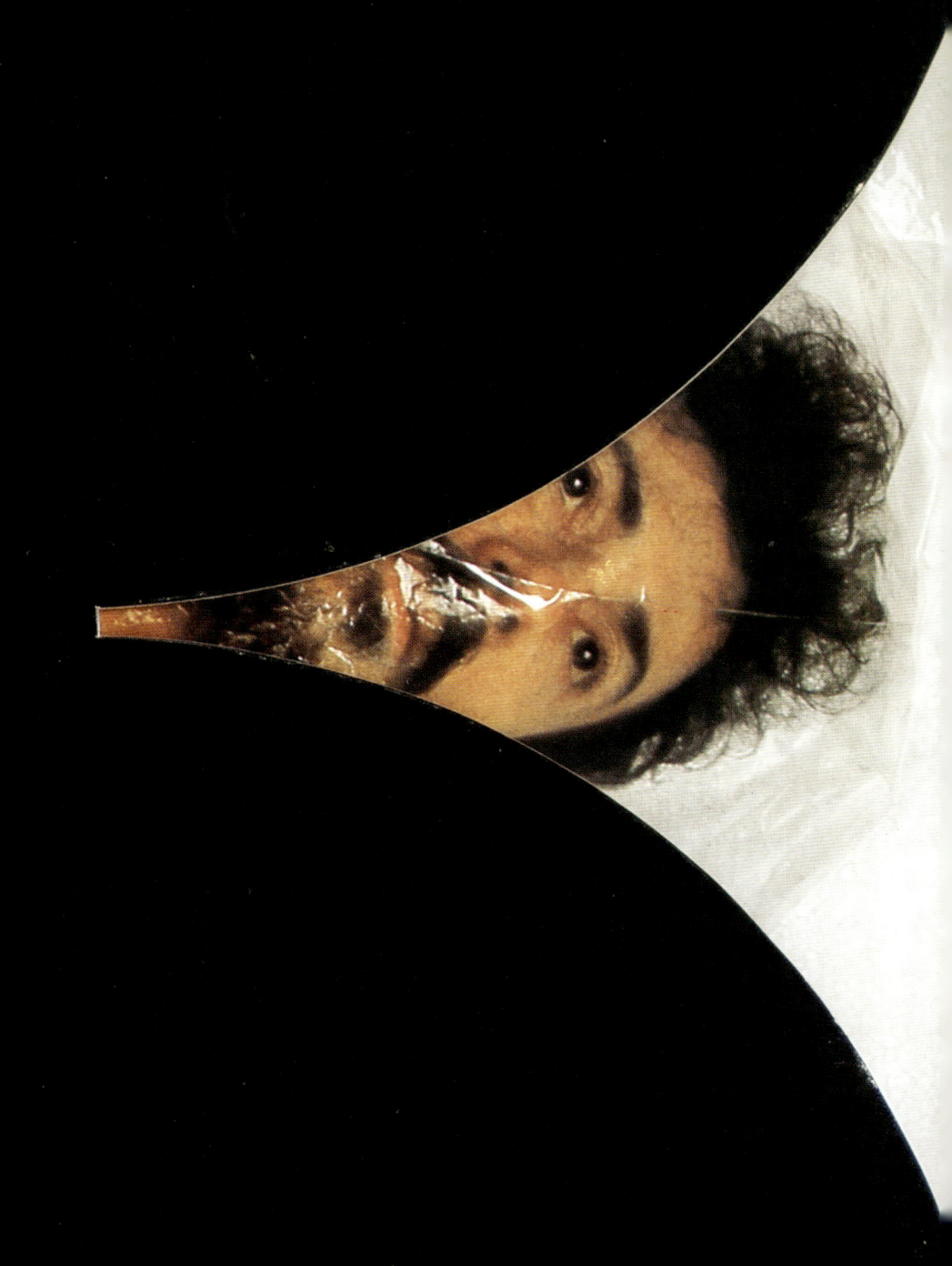

TOM ZÉ
NAVE MARIA

– *Mano*, que capa é essa! – vibrou Bruxa. – *Cês* tão ligadas que ele tá saindo de um útero, né?

– Como assim? – estranhou Gabi.

– *Nave Maria* é aquela música em que o Tom Zé narra um nascimento. Deixa eu pegar a letra aqui – seguiu Dandara, enquanto procurava no celular.

– Aqui: *Quando eu cheguei das estrelas / Entrei na Terra / Por uma caverna / Chamada nascer*.

– Essa caverna, lá de onde eu vim, tem outro nome! – brincou Bruxa. – E parece mesmo com o lugar preto de onde o Tom Zé tá saindo nessa capa...

As meninas riram. Dandara seguiu com a letra.

– Depois ele fala assim: *E cuspido, espremido / Petisco de visgo / Forçando a passagem pela barreira / Sangrando, rasgando / Subindo a ladeira / Orgasmo invertido / Gritei quando vi / Já estava respirando.*

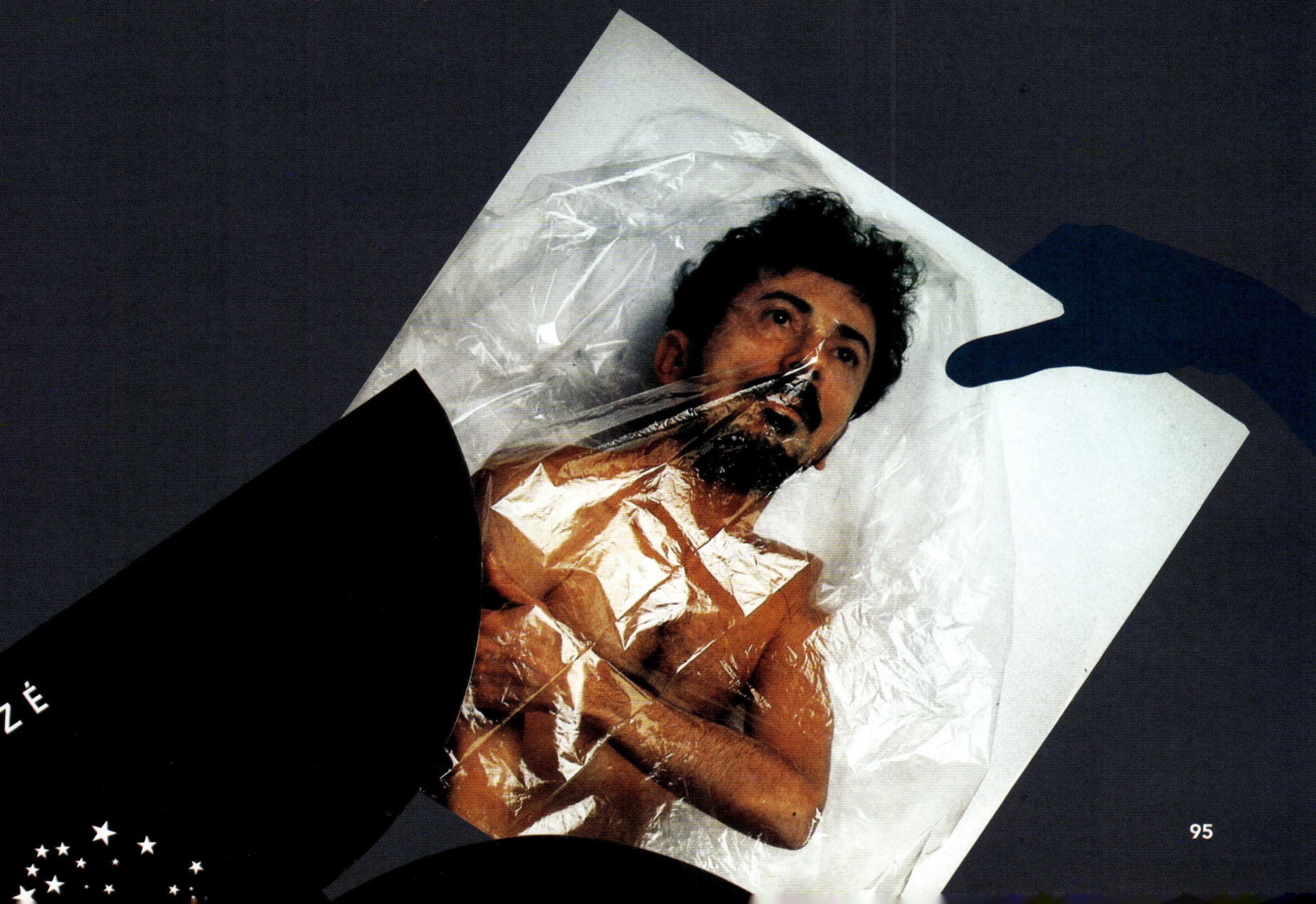

— Tom Zé é Deus! — empolgou-se Ela. — O que é aquela música que ele fez com o Emicida?

— *Bruxo, descobrimos o seu truque / Defenda-se já no Tribunal do Feicebuque* — cantou Gabi.

— Era aquela treta lá que o Tom Zé fez a narração de um comercial de refrigerante, e a galera entrou *numas* de cancelar ele, né? — perguntou Sol.

— Pode crer, ele tira o maior sarro desse povo sem noção — confirmou Gabi, seguindo a letra. — *Vendido, vendido, vendido! / A preço de banana / Já não olha mais pro samba / Tá estudando propaganda.*

As meninas riram. Bruxa então viu entre as capas de Rosa um disco de Chico Buarque que chamou a sua atenção.

— Gente, esse disco é épico!

Ela pegou a capa de ÓPERA DO MALANDRO e se fixou na figura de um sujeito deitado no banco de um vagão de trem, vestido de sapatos, paletó, calça e chapéu de um branco reluzente.

— Eu conhecia tanto essa capa, mas nunca tinha pegado ela na mão. Esse malandro aí é o próprio personagem de *Homenagem ao malandro*. O Chico diz que vai à Lapa pra fazer um samba para a malandragem, mas conclui que a malandragem já não existe, que os novos malandros agora são políticos, celebridades, empresários...

Dandara cantou a música:

— *Mas o malandro para valer / Não espalha / Aposentou a navalha / Tem mulher e filho e tralha e tal / Dizem as más línguas / Que ele até trabalha / Mora lá longe, chacoalha / No trem da Central.*

— É isso! Não é o próprio personagem?

Para a surpresa de todas, Bruxa abriu a capa e na parte interna tinha o mesmo personagem, agora deitado na parte de baixo de um beliche, num quarto escuro, junto ao que parecia ser sua mulher e filhos.

ÓPERA DO MALANDRO
DE CHICO BUARQUE

ALCIONE, CANTORES LÍRICOS (ALEXANDRE TRICK, DIVA PIERANTE, GLÓRIA QUEIRÓZ E PAULO FORTES), CHICO BUARQUE, COR DO SOM, ELBA RAMALHO, FRANCIS HIME, FRENÉTICAS, GAL COSTA, JOÃO NOGUEIRA, MARIETA SEVERO, MARLENE, MOREIRA DA SILVA, MPB/4, NARA LEÃO, TURMA DO FUNIL E ZIZI POSSI.

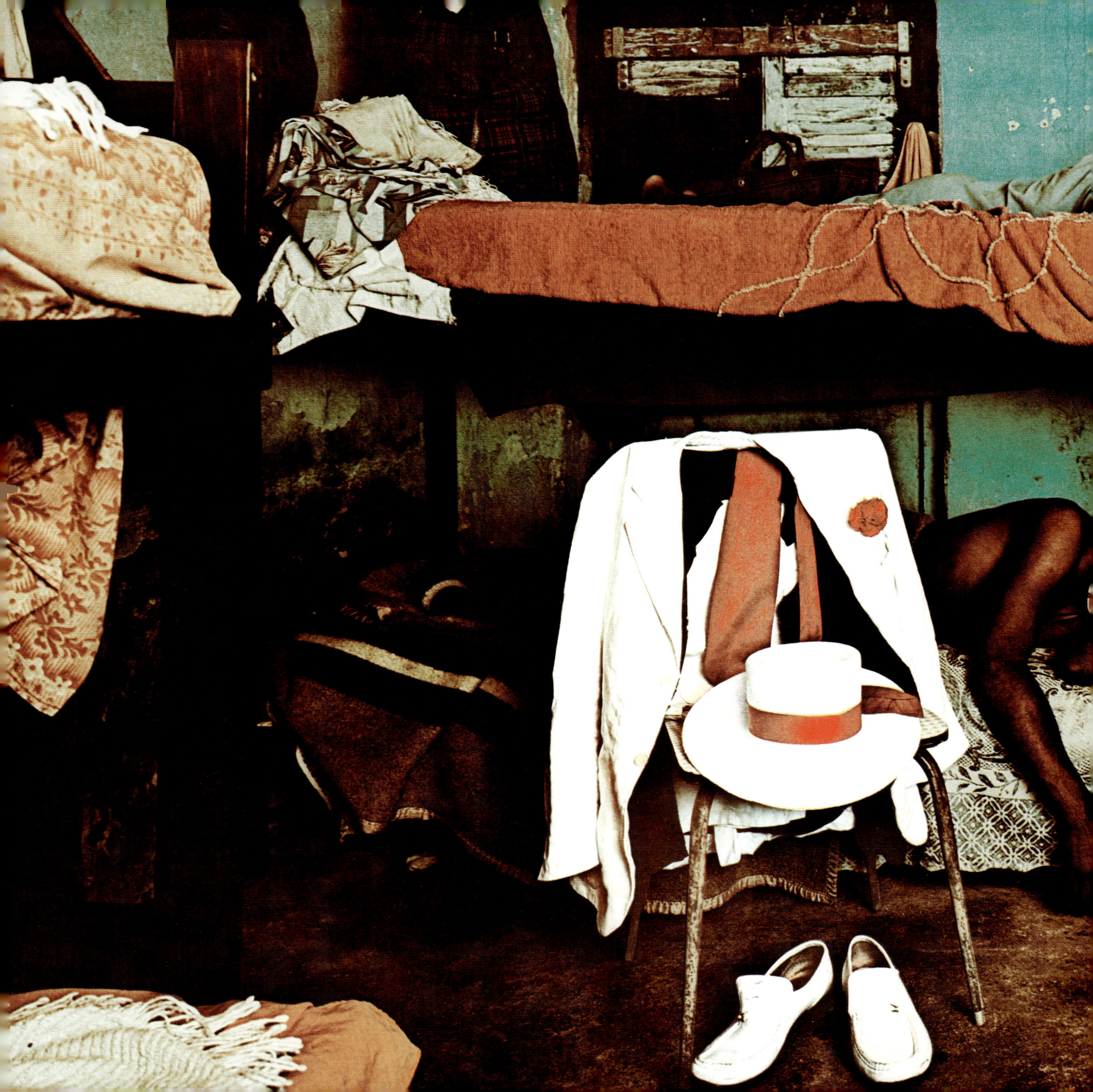

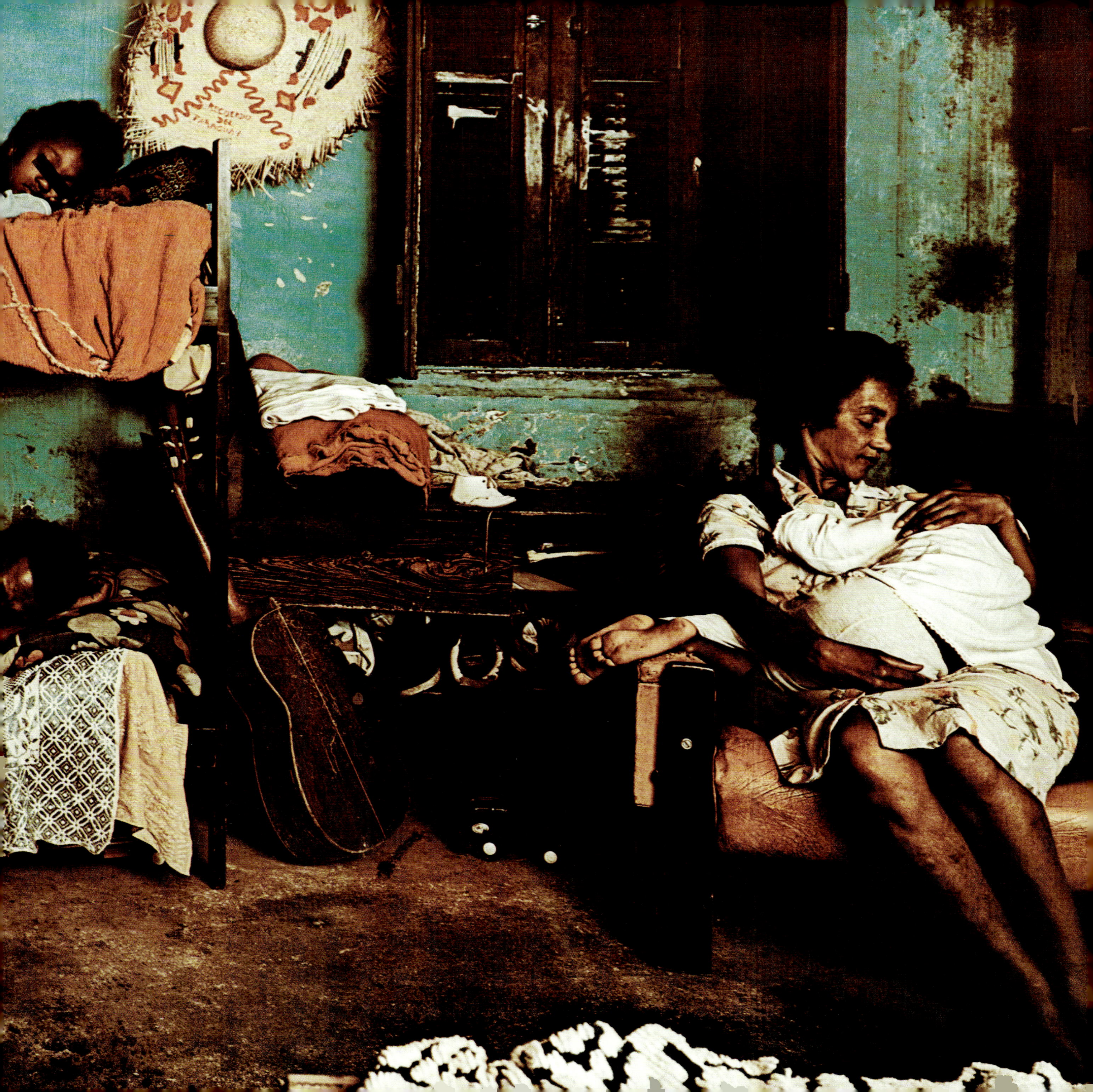

— Nossa! – exclamou Rosa.

— Tem mulher e filho e tralha e tal... – repetiu Dandara.

— Já ouvi dizer que essa capa custou uma fortuna pra ser feita – seguiu Bruxa. E que esse branco aí só conseguiram fazer na hora de imprimir as capas.

Rosa aproveitou a deixa pra demonstrar o conhecimento adquirido na conversa com Juliana e seu amigo:

— Naquele tempo não tinha essas facilidades que a galera tem hoje pra retocar as fotos. Vários desses processos os *designers* faziam conversando com os caras das gráficas.

— Era *roots*! – concluiu Bruxa.

Nessa hora, um rapaz passou pelo grupo, parou, deu um passo para trás e perguntou:

— Pretinha?

As meninas não acreditaram que o *DJ* Tal estava dando essa moral toda para a caçula da roda. O cara tinha tocado com vários artistas, produzido músicas de um monte de gente. E era gato.

— Fabinho? – surpreendeu-se Rosa. – E aí?

— Como é que tá seu irmão? Não vejo o *parça* faz *mó* século!

— O Jeff tá bem. Quando aparecer lá na vila, passa em casa. Ele vai gostar de te ver.

— Pode crer... E esses discos aí? Vai tocar hoje também?

— Ah, vou tocar umas músicas junto com a Sol. Mas vou com o celular. Isso aqui são só as capas mesmo...

— *Pô*, não sabia que você tava tocando. *Daora*! Amo essa capa aí do Martinho: CANTA, CANTA, MINHA GENTE – disse, apontando para o disco que estava à mostra nas mãos de Rosa. – Posso ver?

Enquanto manipulava a capa, começou a descrever:

— Tem esse desenho do Martinho que é *massa*. O cara tá num êxtase. Aí você abre o álbum e tem essas mãos pra cima, como se as pessoas estivessem em transe, sei lá...

RCA
103.0110
...CTOR

MARTINHO DA VILA

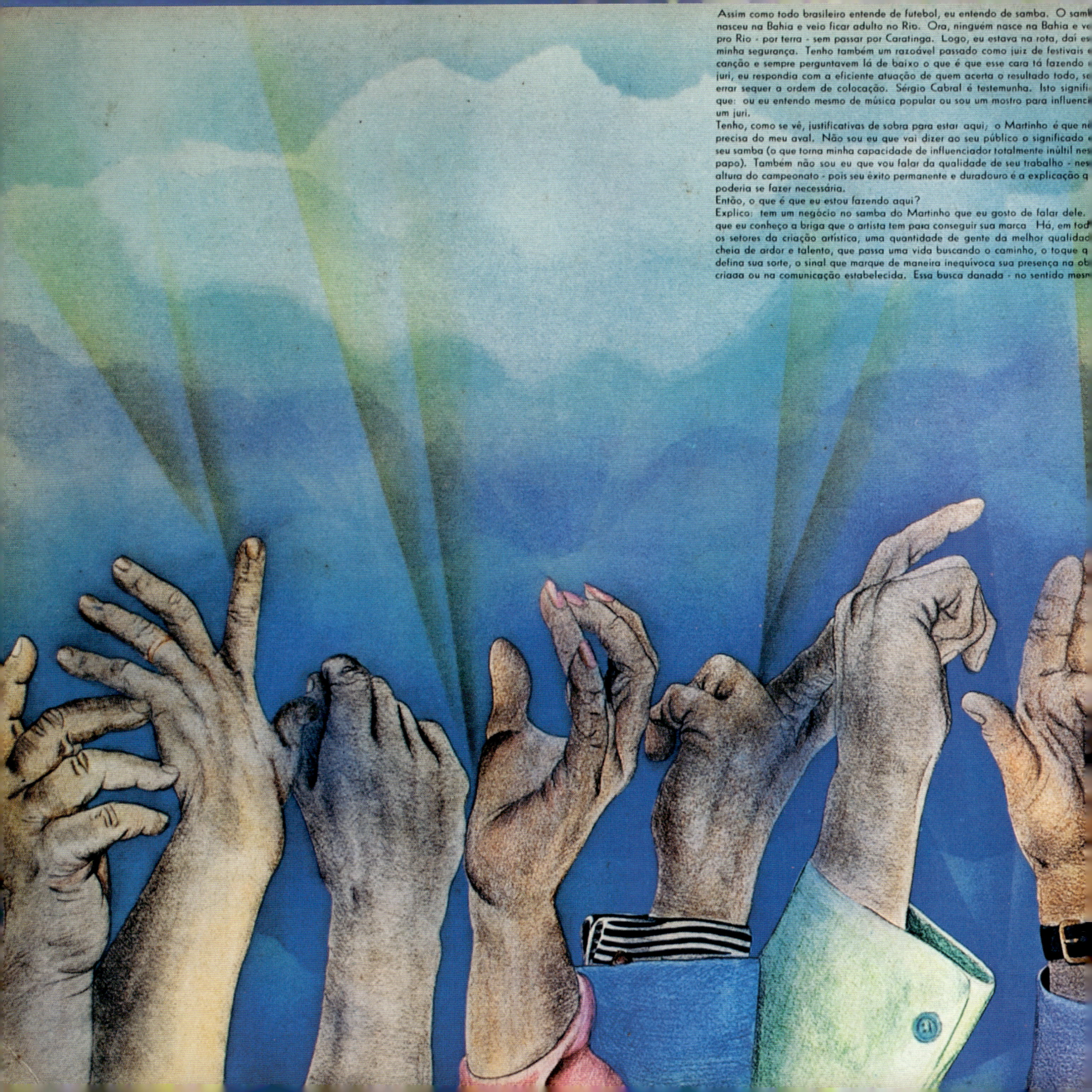

Assim como todo brasileiro entende de futebol, eu entendo de samba. O samb[a] nasceu na Bahia e veio ficar adulto no Rio. Ora, ninguém nasce na Bahia e v[em] pro Rio - por terra - sem passar por Caratinga. Logo, eu estava na rota, daí es[sa] minha segurança. Tenho também um razoável passado como juiz de festivais [de] canção e sempre perguntavam lá de baixo o que é que esse cara tá fazendo [no] juri, eu respondia com a eficiente atuação de quem acerta o resultado todo, se[m] errar sequer a ordem de colocação. Sérgio Cabral é testemunha. Isto signifi[ca] que: ou eu entendo mesmo de música popular ou sou um mostro para influenci[ar] um juri.

Tenho, como se vê, justificativas de sobra para estar aqui; o Martinho é que n[ão] precisa do meu aval. Não sou eu que vai dizer ao seu público o significado [do] seu samba (o que torna minha capacidade de influenciador totalmente inútil nes[te] papo). Também não sou eu que vou falar da qualidade de seu trabalho - ne[sta] altura do campeonato - pois seu êxito permanente e duradouro é a explicação [que] poderia se fazer necessária.

Então, o que é que eu estou fazendo aqui?

Explico: tem um negócio no samba do Martinho que eu gosto de falar dele. [É] que eu conheço a briga que o artista tem para conseguir sua marca. Há, em tod[os] os setores da criação artística, uma quantidade de gente da melhor qualidad[e], cheia de ardor e talento, que passa uma vida buscando o caminho, o toque q[ue] defina sua sorte, o sinal que marque de maneira inequívoca sua presença na ob[ra] criada ou na comunicação estabelecida. Essa busca danada - no sentido mesm[o]

...lanação - tem o terrível dom de, muitas vezes, tornar falsa a criação, marcada ... pela angústia da procura do que definida como uma linguagem própria.
...to bom mesmo é quando o artista é suficientemente original para, desde co-..., falar - com qualidade - sua própria língua, inventar - sem doer errado - seu ...ário código.
...tinho conseguiu isso desde o primeiro samba seu que eu ouvi. Era uma fala ... em todas as suas dimensões - o jeito preguiçoso e dolente de cantar, quase ...ochado, maravilhosamente brasileiro; o tempo absolutamente original de sua ...ção melódica, amarrada de maneira íntegra a cada intenção poética, a ex-...são verbal com o mesmo som da melodia, tudo muito coerente.
...uvi seus primeiros sambas e - honestamente comigo mesmo - perguntei apenas: ...e é que é isso?"
...ma coisa correta: esperei.
..., aceitei com grande prazer escrever essas notas porque posso falar com cer-... Martinho é uma das figuras mais importantes da história do samba no Brasil. ...galeria permanente dos estilos e das marcas - "Este é um samba de Noel! Isto ...taulfo. Parece um samba do Paulinho da Viola", essas coisas que se fala ...do se ouve - podem botar o retrato dele. E, se por algum momento alguém ... pensar que o Martinho estava se repetindo, ouça esse disco. Ele está aqui, ...ro, com todo o seu jeito, com toda a suas MARCA.
...um detalhe muito importante: sempre novo, como as coisas definitivas.

(ZIRALDO)

— Fora que esse disco tem vários sambas incríveis! — interrompeu Bruxa, lendo a lista de músicas. — Começa com *Canta, canta, minha gente*. Na sequência vem *Disritmia*...

— *Vem logo, vem curar seu nego / Que chegou de porre lá da boemia...* — cantou Fabinho.

— E tem *Visgo de jaca*, que eu não tenho nem palavras para comentar — completou Bruxa.

— A Céu gravou, ficou lindo! — emendou Rosa.

— Tem também *Patrão, prenda seu gado* — continuou Fabinho, apontando a ficha técnica. — É de ninguém mais, ninguém menos que Donga, João da Baiana e Pixinguinha! Somente a Santíssima Trindade do Samba...

— Amém! — brincou Dandara. — Vocês tão ligados que o Otto fez um *show* com as músicas desse disco, né?

— Ele diz que é o disco da vida dele! É *irado* mesmo. E essa capa aí? — perguntou Fabinho, enquanto puxava da mão de Rosa mais um álbum. — ADONIRAN? Nunca vi esse disco...

As meninas também aparentaram não conhecer a capa, que tinha um conjunto de casinhas de papel que pareciam formar uma maquete.

Adoniran

SAPATARIA

BAR

FÁBRICA DE BONECAS

PLANTEYMA ARUO 77

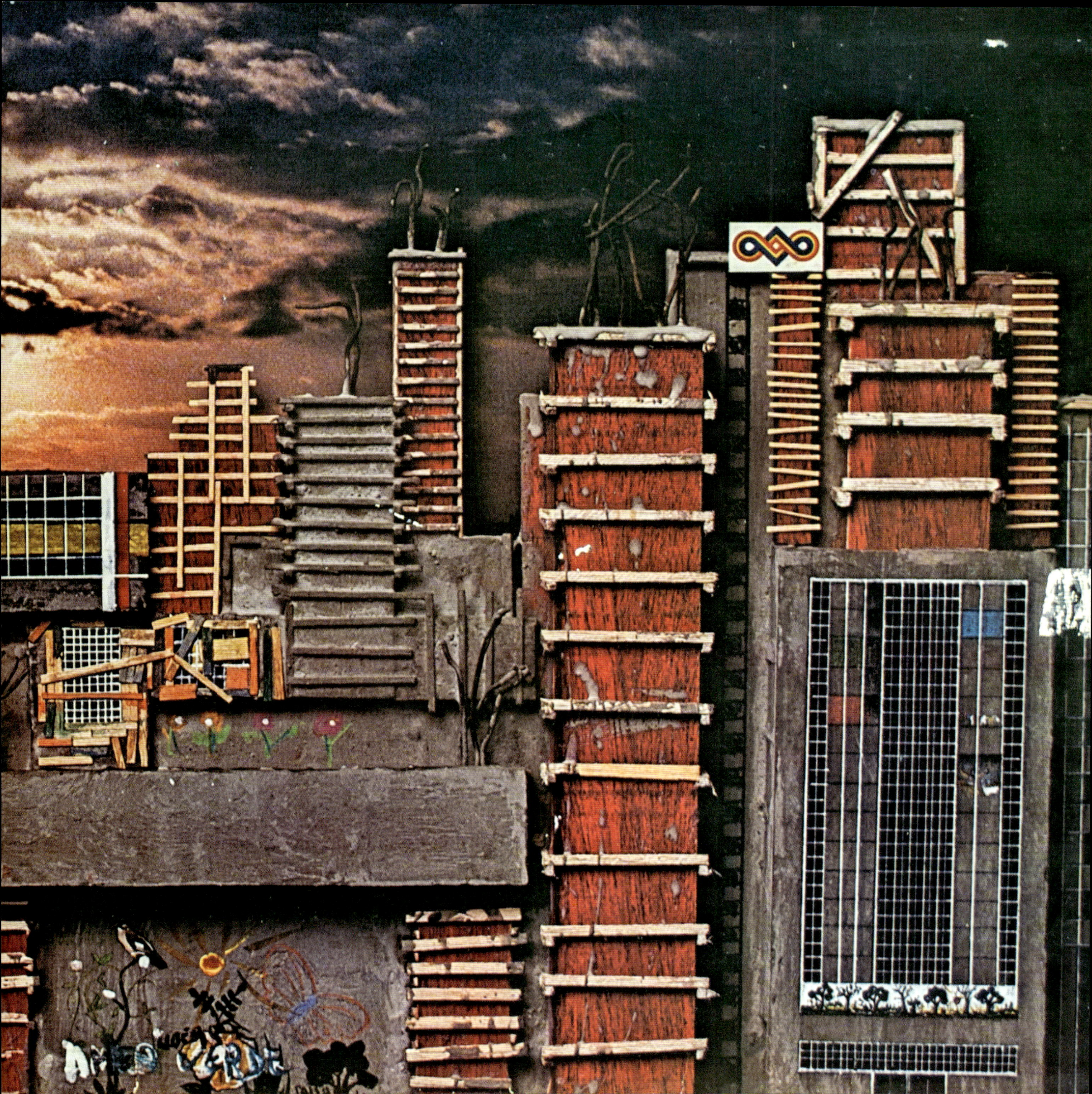

Elik Andreeto

— *Mano*, eu tenho tudo do Adoniran Barbosa. Nunca vi essa capa na vida.

Fabinho olhou detidamente, procurando algum sinal das músicas daquele disco, ou uma ficha técnica. Nada.

— Onde tá esse disco, Pretinha? Isso é coisa de louco! Um disco do Adoniran que não tá na discografia dele?

Fabinho estava transtornado.

— *Fia*, *cê* tá ligada o que isso significa? Isso é ouro!

— Se tivesse disco, né? – observou Rosa.

— Mas onde está esse disco? – insistiu o *DJ*. – Vou até a sua casa agora pra buscar, se for preciso...

Rosa contou a história toda para Fabinho. Disse que as capas eram do seu avô, que nunca gostou de música. Que estavam todas vazias. Que na casa nunca houve toca-discos. Que todas as capas que estavam lá eram criação do mesmo artista gráfico: Elifas Andreato.

Fabinho olhou novamente para o disco de Adoniran e reparou, escondidinha num cantinho da contracapa, a assinatura do artista.

— Elifas Andreato – disse ele. – A gente tem que achar esse *mano*!

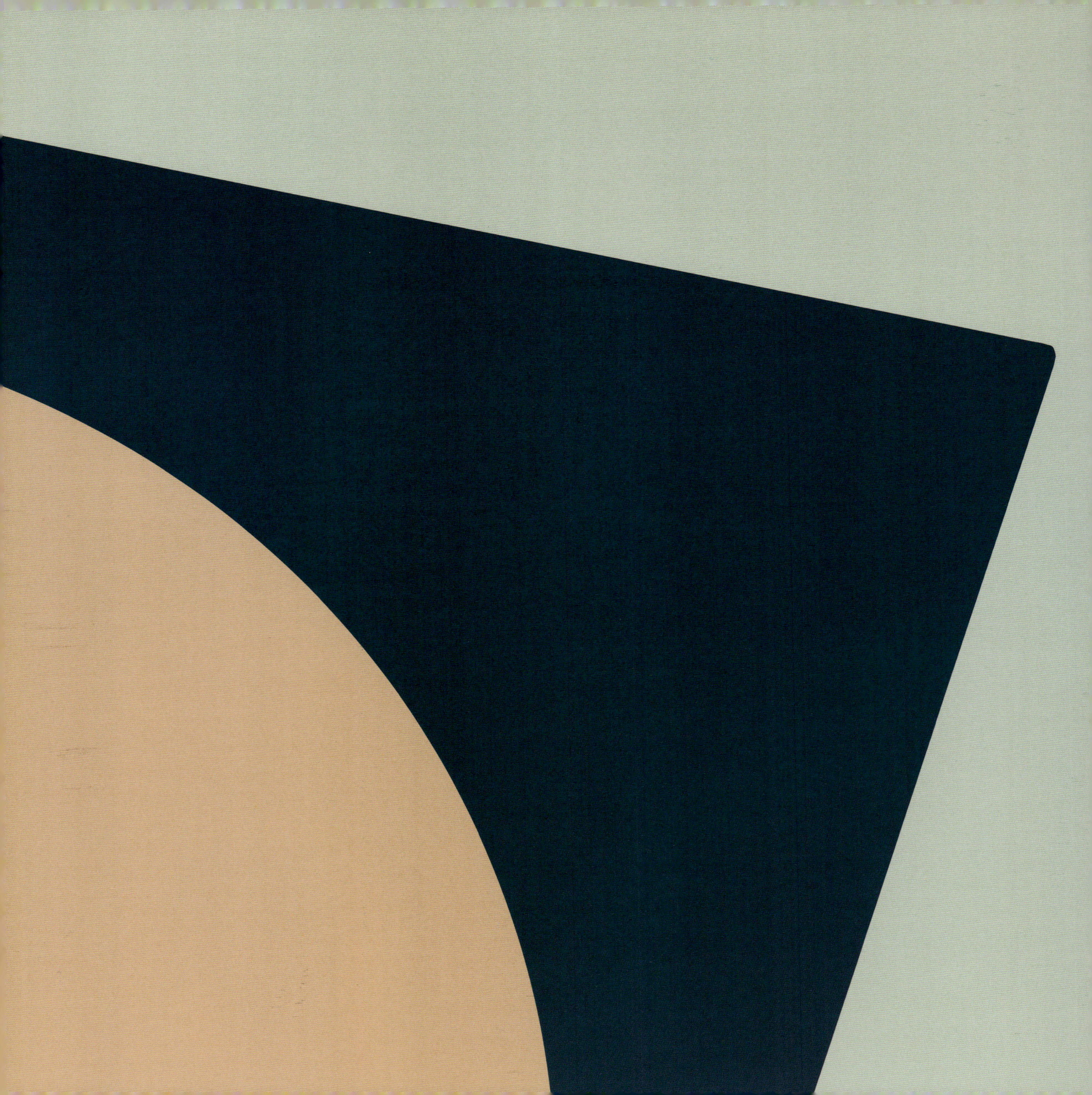

6

Rosa acordou no domingo ainda meio flutuando. Havia sido uma experiência incrível tocar para aquela gente toda. Foram só cinco músicas, no meio do *set* da Sol, mas o público vibrou com suas viradas e remix, que aceleraram *beats* e adicionaram batidas dançantes a músicas dos anos 1970. As amigas elogiaram as escolhas e disseram que em nenhum momento ela deixou a pista cair. "Mal posso esperar pela próxima!", pensou.

Ainda estava com roupa de dormir, revivendo a *performance* do dia anterior, quando ouviu baterem na janela da sala.

– Ô de casa! – ouviu uma voz masculina chamar.

– Já vai! – retrucou Isaldina, enquanto se dirigia à porta de entrada. – Ô, Fabinho! Você por aqui! Há quanto tempo!

– Pois é, dona Dina! A vida anda corrida...

Rosa estranhou a presença de Fabinho. Não devia ser coincidência. Ela viu como ele ficou mexido com aquele disco de Adoniran. Ou não seria só isso? Tratou de trocar de roupa, passar pelo corredor num *zupt* e entrar no banheiro, para pelo menos arrumar o cabelo e escovar os dentes.

– Que pena que você não avisou que vinha. O Jefferson saiu faz um tempinho já... Quer um cafezinho?

– Na verdade eu vim só mostrar uma coisa pra Pretinha, dona Dina.

– A Rosa?

Quando a menina chegou à cozinha, a avó tinha acabado de encher a xícara de Fabinho. Ela reparou que o amigo do irmão tinha pousado sobre a mesa um LP.

– Bom dia, Pretinha! Você não vai acreditar no que eu encontrei no último disco do Criolo!

– No ESPIRAL DE ILUSÃO? – disse ela, apontando para a mesa. – Nem sabia que ele tinha lançado LP também...

– Pois é. *Mó* galera tem feito disco de vinil. Os *DJs* agradecem!

— Adoro esse disco! Achei *daora* ele ter gravado um CD só com sambas.
— *Mano*, esses caras cresceram ouvindo samba. É *mó* influência pro som deles. Trocando ideia com o Emicida outro dia, ele falou que a música que ele fazia era neossamba... Ele e vários caras que se aproveitam do *rap* que vem da *gringa* e misturam com umas *paradas* que são mesmo nossas, tipo samba.

Rosa fingiu não se impressionar com o fato de Fabinho estar "trocando ideia" com um de seus maiores ídolos. Hesitou um pouco, mas perguntou:
— Você veio lá da sua casa só pra me mostrar esse disco?

Isaldina, que já tinha estranhado a visita de Fabinho para a neta, limpou a garganta e decidiu deixar os dois a sós. Mas seguiu acompanhando a conversa enquanto varria a sala.
— É que eu ia passar por aqui e, depois que você contou a história de ontem, lembrei desse disco. Aliás, você mandou bem na balada!
— Você ouviu?
— Ouvi tudinho... *Cê* leva jeito.
— Obrigada... — agradeceu Rosa, timidamente.
— Então, a história é a seguinte: como o Criolo decidiu fazer um disco de samba, na hora de fazer a capa do LP, resolveu chamar o *mano* que fez os trampos mais *irados* pros sambistas...
— Não acredito... Elifas Andreato.
— Exatamente. E sabe o que isso significa?
— Que esse tiozinho só pode estar me perseguindo?
— Não! — riu Fabinho. — Que a gente vai conseguir descobrir que disco é aquele que ele fez a capa e que o Adoniran nunca lançou.
— E também por que diabos meu vô, que nunca gostou de música, tinha tipo a coleção completa de capas do Elifas.
— Até uma capa de disco do Adoniran que ninguém mais tem! — insistiu Fabinho.
— E como é que você vai achar o Elifas pra perguntar?
— Falando com o Clebinho, ué!
— Clebinho?

ESPIRAL DE ILUSÃO — **CRIOLO**

– É, o Criolo... Você tá ligada que aqui na quebrada todo mundo conhecia ele como Clebinho, né?

– E você tem o telefone dele?

– Já até mandei mensagem perguntando se ele tinha o contato do Elifas... Vamos ver o que ele responde – disse o *DJ*, enquanto conferia mais uma vez se tinha retorno. – Você já jogou o nome do Elifas na internet pra ver o que aparece?

Fabinho dedilhou no celular o nome do artista. O primeiro resultado foi um álbum de imagens chamado *O céu de Elifas Andreato*. Havia um textinho de apresentação que falava sobre sua infância pobre como menino lavrador no interior do Paraná e, mais tarde, como jovem operário em São Paulo.

– *Caraca*! Eu achei que o cara fosse *mó* barão... – observou Rosa.

O texto seguia dizendo que essas dificuldades da infância foram abordadas em várias das telas que Elifas pintou. Não como "um retrato das privações pelas quais passou, mas como a construção de um imaginário simbólico de esperança".

Ao ouvir Fabinho lendo, Isaldina se aproximou para observar as imagens.

– Essa aí eu conheço! – falou a costureira ao ver a primeira obra. – Isso aí tava na abertura daquela minissérie da Globo... Como é que era o nome mesmo?

– Tá falando aqui – respondeu o *DJ*. – "Esse menino carregando a bandeira do Brasil, enquanto espalha estrelas no céu, foi o protagonista da abertura de *Queridos amigos*, de 2008."

– Isso! Tinha o Dan Stulbach, a Débora Bloch, a Denise Fraga... – lembrou a costureira.

– Isso mesmo, dona Dina! Tá dizendo que era sobre uns amigos que tinham feito política estudantil durante a ditadura e se encontravam pra lembrar o que viveram. Quem escreveu foi a Maria Adelaide Amaral.

– Ai, adorava as novelas dela!

Fabinho foi passando as demais imagens do álbum no celular.

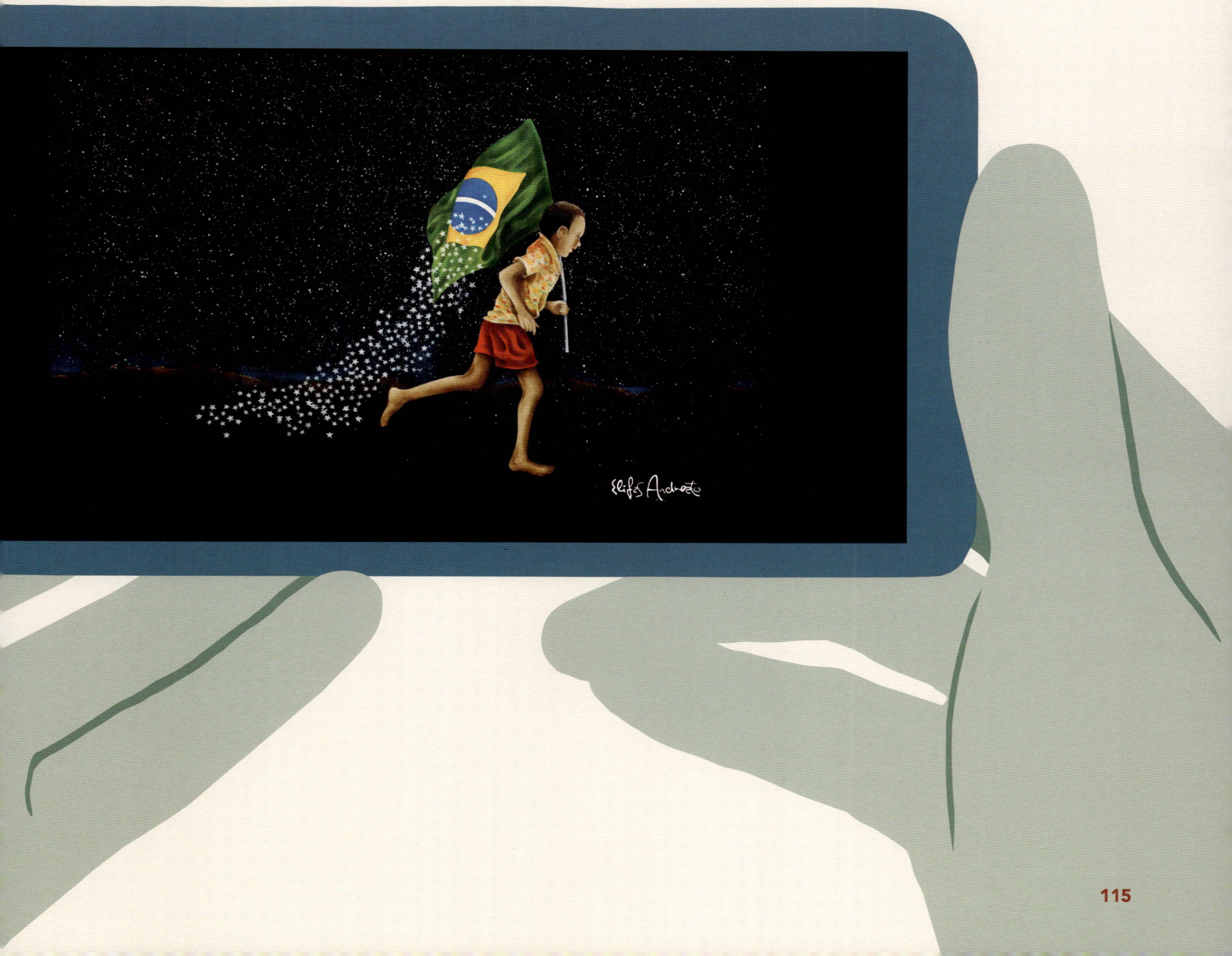
Elifas Andreato

116

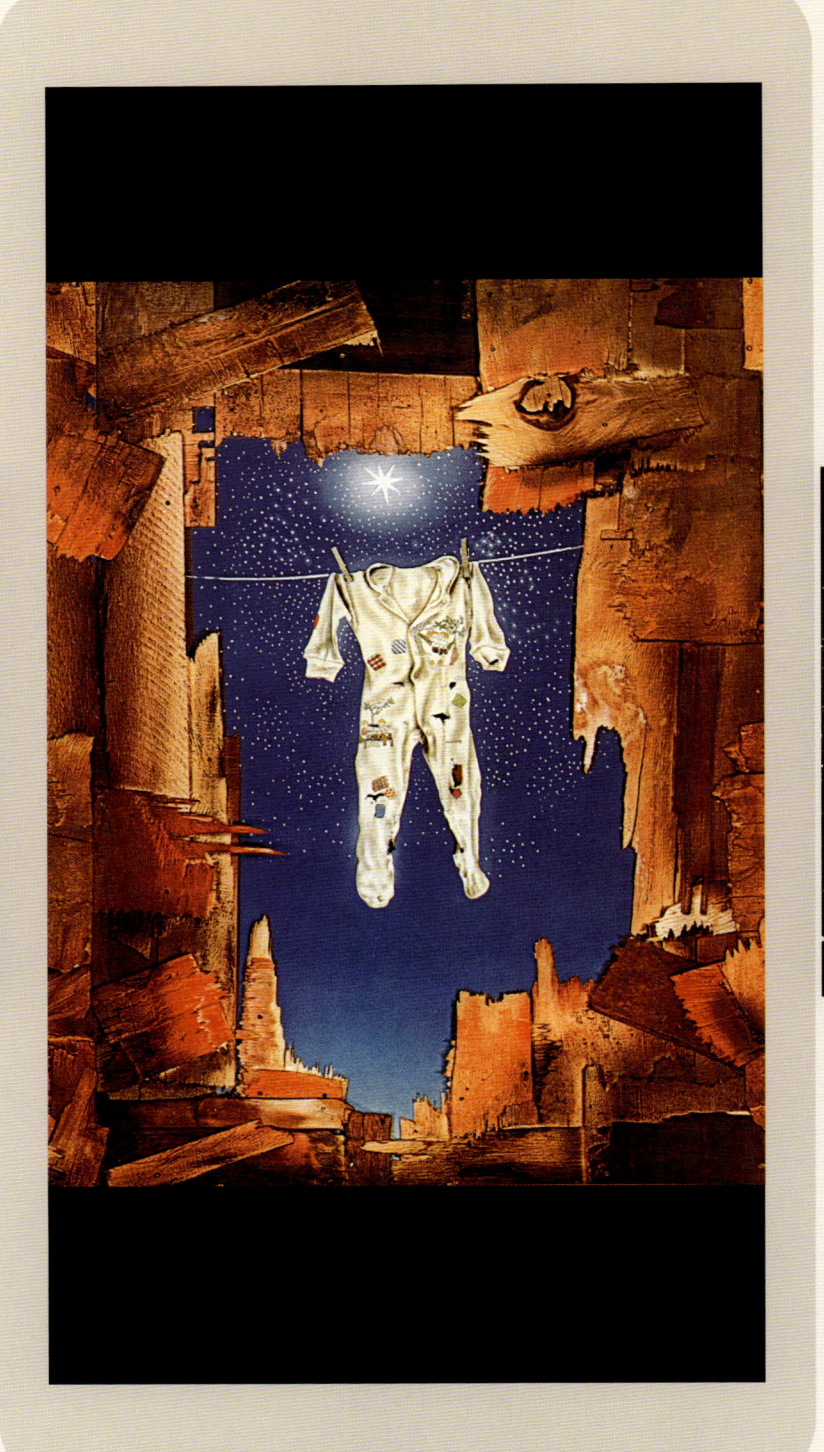

— Que coisa mais linda, gente! — exclamou Isaldina. — Esse pijaminha estendido do lado de fora do barraco dá até vontade de chorar.

— E esses meninos todos brincando com estrelas? — admirou-se Rosa. — É como se eles estivessem fazendo o céu ficar estrelado: atirando estrelas, tirando elas de uma caixa, recortando com tesoura.

— Pode crer — concordou Fabinho. — Quando a gente é pobre, às vezes tem que criar o próprio céu.

— E essa boneca aqui, que coisa mais rica!

— É mesmo, dona Dina! Tem uma coisa aqui falando dela.

Fabinho leu em voz alta o texto assinado por Elifas.

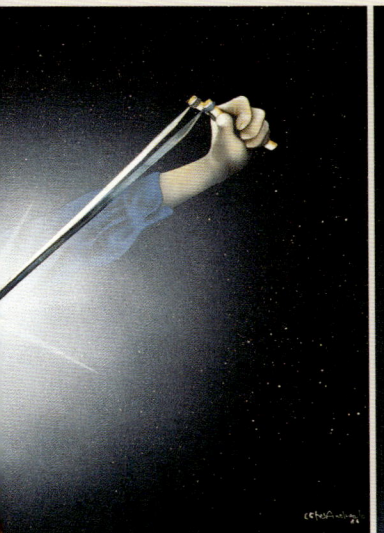

— Durante anos seguidos, Elis Regina fez dessa imagem seu cartão de Natal. Nos fins de ano, ela encomendava dezenas de cartões a uma entidade beneficente a quem eu havia cedido os direitos de reprodução da pintura.

Só conheci Elis pessoalmente quando fui convidado a fazer os cenários de TREM AZUL, *seu último* show, *em 1981. Um dia ela me disse: "Já sabia que o autor daquela imagem devia ser boa pessoa. Eu sou aquele desenho, Elifas. Sou aquela boneca de pano, desprotegida. Sou aquela estrela".*

— Uau, que forte! — observou Rosa.

Quando Fabinho estava terminando de ler, pulou na tela do celular um aviso de mensagem. Era Criolo em um áudio, que o *DJ* colocou para todos ouvirem.

Clebinho

> Salve, moleque! *Mano*, tô no corre aqui, mas na sequência te mando o contato do mestre Elifas. Você vai ver que o cara é *mó* sangue bom. Tem cada história pra contar... Espero que tudo esteja *firmeza* por aí, irmão! Paz!

A mensagem seguinte logo apareceu. Era um endereço de *e-mail* do artista.
– Você quer escrever? – perguntou Fabinho.
– Quero, mas preciso pensar no quê. Pode ser mais tarde?
– Claro, Pretinha! Mas não esquece de perguntar que disco é aquele do Adoniran.
Fabinho se despediu e Rosa decidiu dar uma volta para refletir sobre o que iria escrever. Comeu um pãozinho com margarina, tomou um café com leite, ajeitou os fones na cabeça e zarpou para a rua. Andou à toa enquanto ouvia o disco de Criolo. Reparou que ele era quase um passeio pelos diferentes estilos de samba – de um samba malandro das antigas, como os de Moreira da Silva ou Germano Mathias, até a doçura de um Cartola ou Jair do Cavaquinho; das superproduções de Zeca Pagodinho até a sofisticação das letras de Noel Rosa.
Pensou que em cada uma daquelas faixas Criolo dialogava com um compositor diferente: Paulinho da Viola, Martinho da Vila, João Nogueira, Adoniran Barbosa... Sorriu ao concluir que todos eles tinham sido retratados de alguma forma por Elifas.

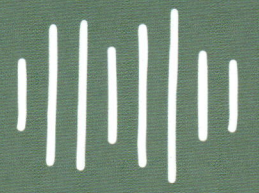

***

Depois do almoço, Rosa resolveu passar na casa de Kelly. Tocou a campainha 4 e esperou, até concluir que devia estar quebrada novamente. Resolveu mandar mensagem.

> **Rosa:** Tá em casa, *fia*? Abre o portão!
>
> **Kelly:** *Pera!*

Em vez de ficar em casa, as meninas decidiram ir até o centro cultural do bairro, a uma boa caminhada dali. Lá costumavam assistir a *slams* de poesia e batalhas de *rap*. De vez em quando tinha um *show* legal ou alguma oficina interessante. Foi lá que Rosa fez o curso de *DJ*, aprendeu algumas técnicas e conheceu Dandara – convidada especial da professora. Domingo, àquela hora, não devia estar acontecendo nada por lá, mas ao menos podiam usar a internet e carregar o celular.

No percurso, Rosa foi contando sobre a noite anterior, o que tinha tocado, a resposta do público. Falou também do encontro com Fabinho e sobre a visita inesperada daquela manhã. E ainda sobre a dificuldade que estava tendo para escrever ao artista. Não sabia nem como começar.

– Parei no "Prezado Elifas"...

– Você vai mandar um *zap* começando com "Prezado Elifas"? – indignou-se Kelly.

– Vou escrever um *e-mail* – respondeu Rosa, enquanto entravam no centro cultural e se acomodavam num canto perto da tomada.

– *E-mail*? Mas quem é que usa *e-mail* hoje em dia? Só pode ser velho!

— *Fia*, o cara deve ter tipo a idade da minha vó. Você esperava o quê? Tira por ela, que se atrapalha até com o controle remoto da tevê!

— É, mas a dona Dina tem uma memória melhor do que a de nós duas juntas, *nega*.

— Ah, isso tem mesmo!

— Mas vem cá, as capas que você tem não são *mó* antigas? Será que esse cara já não bateu as botas?

— Que bateu as botas, Kelly! Como ele teria feito a capa do Criolo?

— Sei lá, *fia*... Você não acredita em espírito?

— Não viaja, Kelly!

Rosa resolveu ir ao banheiro. Deixou o celular carregando e pediu para a amiga tomar conta. Quando voltou, a surpresa:

— Pronto, resolvi a *parada*.

— Qual *parada*, Kelly? — perguntou Rosa, já apreensiva.

— Mandei a mensagem pro cara.

— Que cara? Você tá louca?

— Pro Elifas, ué! Você não tava embaçando aí? Pronto, tá resolvido!

Rosa não podia acreditar que a amiga tinha pegado seu celular e mandado um *e-mail* para Elifas Andreato. Abriu o programa e procurou na caixa de saída para ver se ainda dava tempo de cancelar o envio. Nada, a mensagem a essa altura já devia estar aguardando a leitura do artista.

— E o que você escreveu, criatura?

— Oxe, escrevi o que você falou!

Rosa até teve tempo de relaxar, mas logo a amiga completou.

— E falei algumas coisas da minha cabeça também...

Prezado Elifas,
Vê se me ajuda.
Meu vô morreu faz 10 anos e deixou uma caixa de discos que outro dia minha vó mostrou.
Quando fui mexer, descobri que só tinha capa mesmo, os discos desconfio que a dona Neuma enterrou.
Descobri também que todas aquelas capas você que fez.
Achei esquisito meu vô guardar essa caixa. Ele odiava música.
Ontem o Fabinho viu a capa do Adoniran e falou que aquele disco nunca tinha sido lançado. Parece que ele conhece tudo do Adoniran. Ele é *mó* gato.
O Fabinho, não o Adoniran.
Era uma capa que tinha tipo umas casinhas de papel.
Você sabe alguma coisa dessa história?
bjk
p.s. Achei que você estivesse morto.

— Kelly, não sei nem por onde começar... Não acredito que você fez isso. Você sabe quem é esse cara? Ele é simplesmente um dos maiores artistas gráficos do mundo. Trabalhou com os nomes mais importantes da música brasileira. E no meio da história você fala que o Fabinho é gato? E ainda por cima como se fosse eu!

— Como se você não achasse mesmo...

— E que a dona Neuma enterrou os discos!

— Isso era pra criar suspense...

— E que imaginava que ele estivesse morto!

— O nome disso é sinceridade, *miga*.

— Vou escrever uma mensagem AGORA me desculpando.

Prezado Elifas Andreato,
Desculpe pela mensagem anterior. Não achei que você estivesse morto, nem desconfio que a dona Neuma tenha enterrado os discos, nem considero o Fabinho...

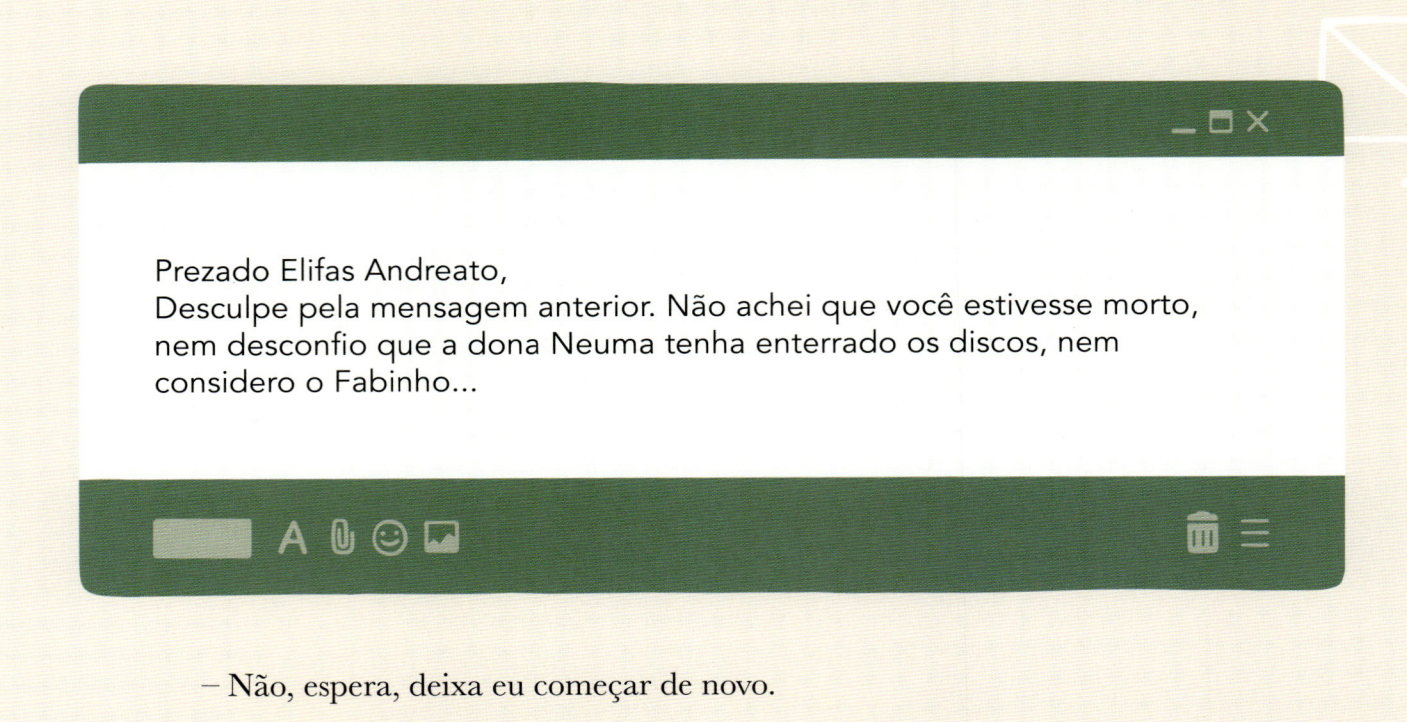

— Não, espera, deixa eu começar de novo.

Prezado Elifas Andreato,
Desculpe pela mensagem anterior. Foi brincadeira de uma amiga.
Há alguns dias recebi de minha avó uma caixa cheia de capas de discos de sua autoria. Elas pertenceram a meu falecido avô. Foi uma surpresa encontrá-las, já que em casa nunca houve toca-discos e ninguém ouve música.
Além disso, descobri que uma das capas aparentemente é de um disco nunca lançado por Adoniran Barbosa.
O senhor poderia me ajudar a entender isso?
Por acaso conheceu meu avô?
Por que acha que ele colecionava capas suas?
E por que ele tinha a capa de um disco inédito do maior sambista paulista de todos os tempos?
Atenciosamente,
Rosa

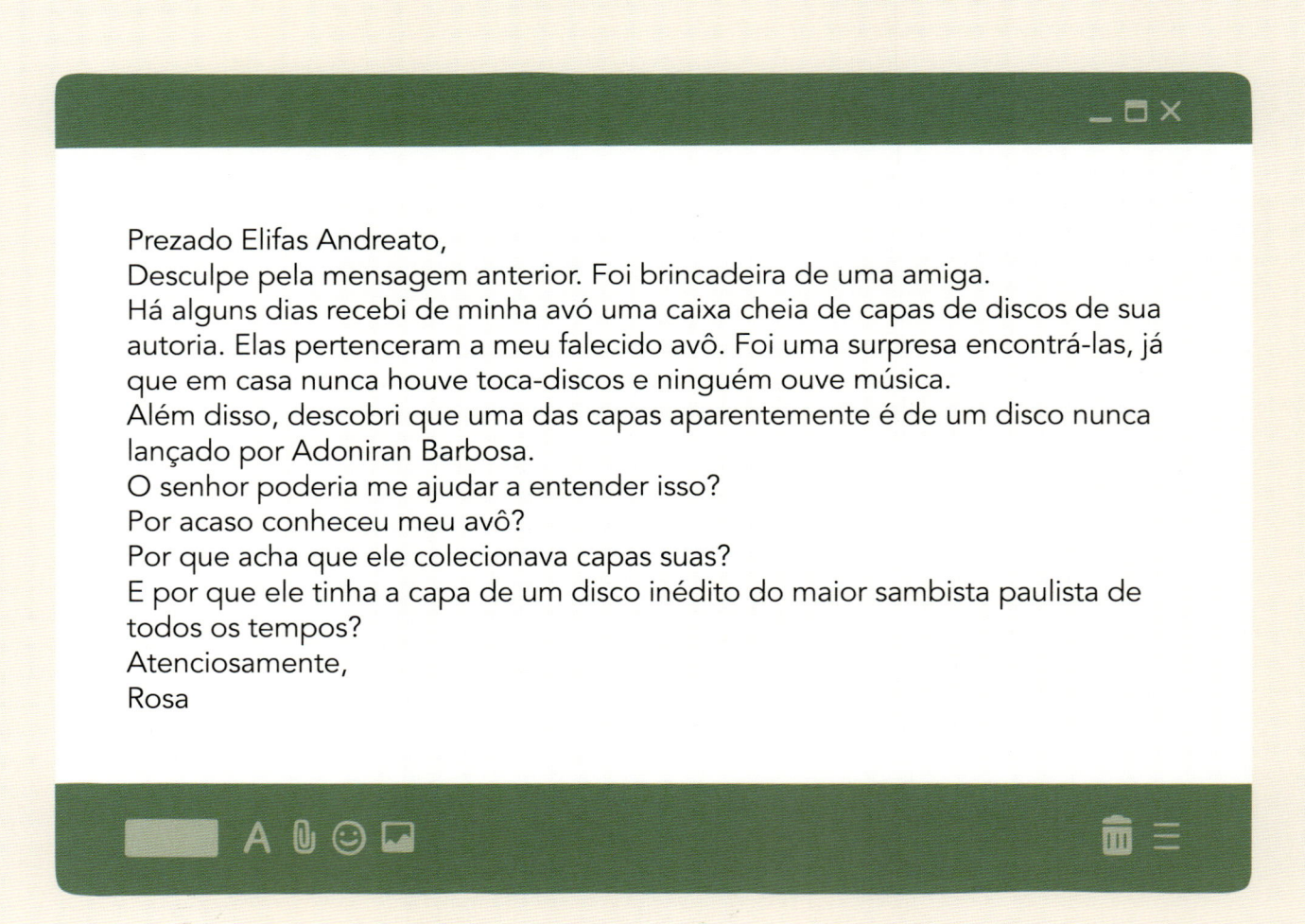

Enviar. Pronto. Agora era esperar a resposta. Podia ser que demorasse um mês. Ou que ele nunca respondesse, considerando a presepada que a amiga tinha aprontado. Podia ser que ele achasse aquilo tudo uma grande maluquice. Ou absolutamente irrelevante. Ou desinteressante. Ele devia ser um cara muito ocupado para perder tempo com uma história daquelas. Talvez o interesse do Fabinho não passasse pelo Adoniran. Talvez fosse só uma desculpinha pra chegar em mais uma *mina*. Ele é mesmo esse tipinho, tô ligada... Calma, Rosa. Respira.

No meio do turbilhão de pensamentos, a menina ouviu o *plim* do aplicativo de *e-mails*, que ela quase não reconheceu.

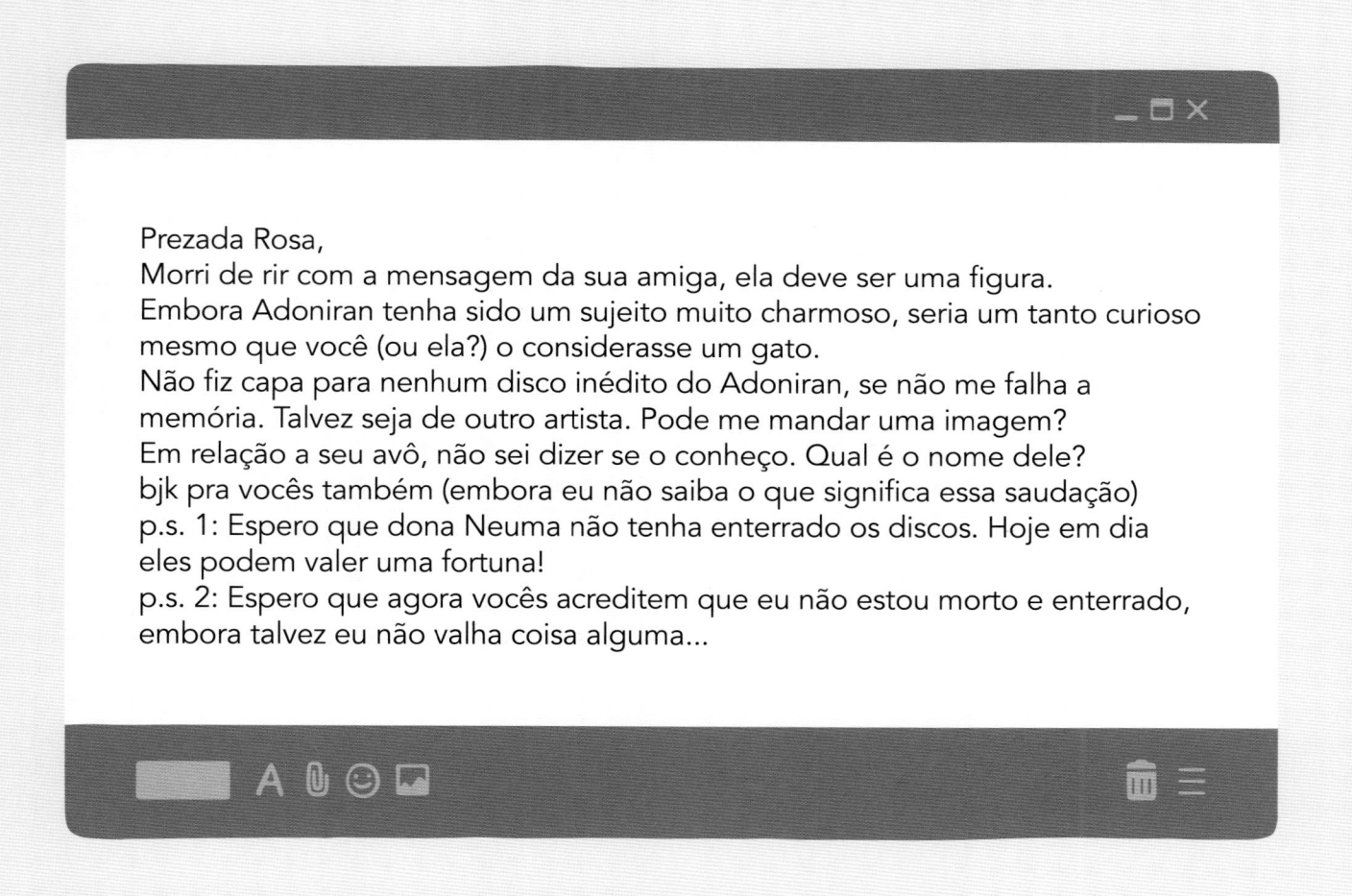

Prezada Rosa,
Morri de rir com a mensagem da sua amiga, ela deve ser uma figura.
Embora Adoniran tenha sido um sujeito muito charmoso, seria um tanto curioso mesmo que você (ou ela?) o considerasse um gato.
Não fiz capa para nenhum disco inédito do Adoniran, se não me falha a memória. Talvez seja de outro artista. Pode me mandar uma imagem?
Em relação a seu avô, não sei dizer se o conheço. Qual é o nome dele?
bjk pra vocês também (embora eu não saiba o que significa essa saudação)
p.s. 1: Espero que dona Neuma não tenha enterrado os discos. Hoje em dia eles podem valer uma fortuna!
p.s. 2: Espero que agora vocês acreditem que eu não estou morto e enterrado, embora talvez eu não valha coisa alguma...

124

7

Rosa decidiu voltar para casa assim que recebeu a mensagem de Elifas. Precisava fotografar imediatamente a capa do disco de Adoniran e responder ao *e-mail* dizendo o nome do avô. Como foi se esquecer disso? Quem sabe as duas coisas pudessem trazer a solução para aquele mistério?

Antes, porém, resolveu mandar mensagem para Fabinho, contando sobre a conversa com o artista.

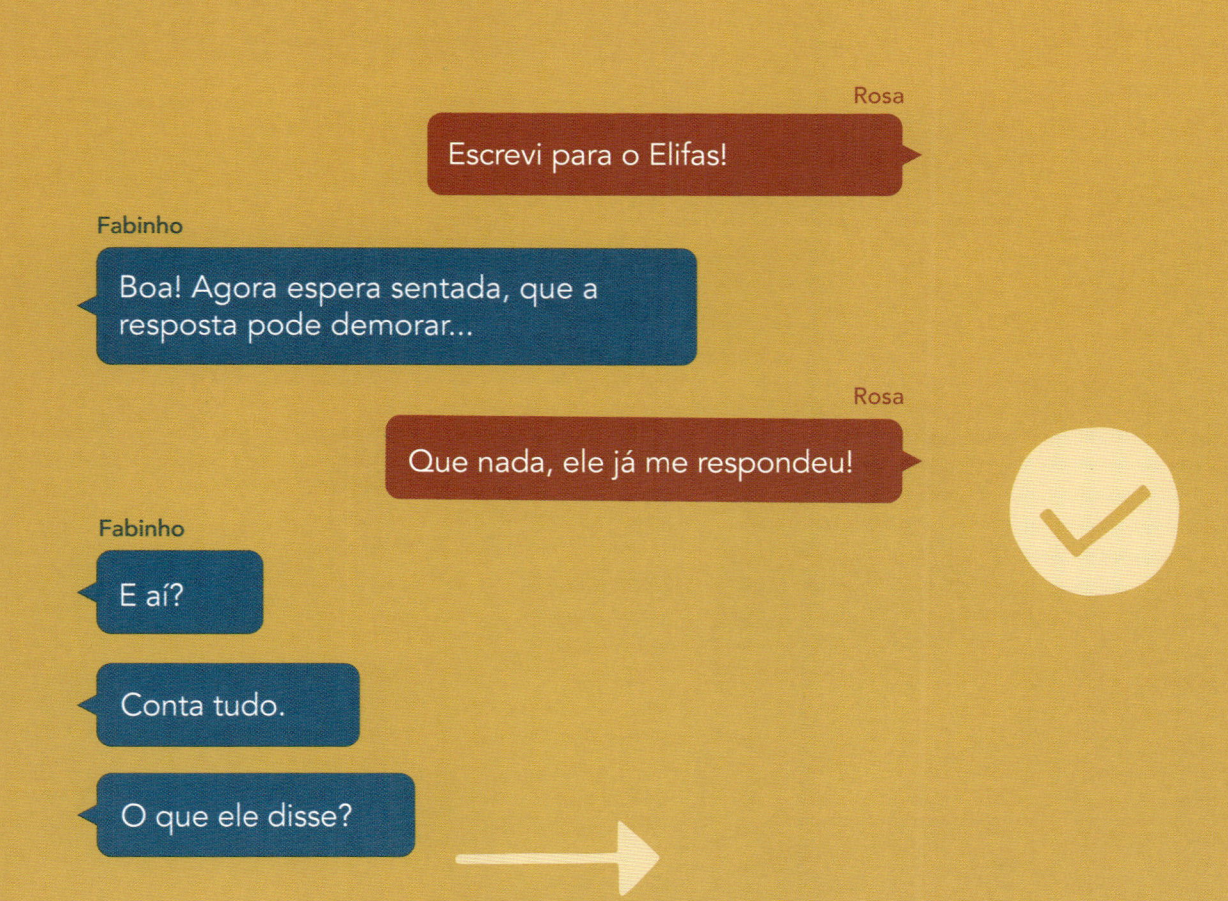

Rosa
> Escrevi para o Elifas!

Fabinho
> Boa! Agora espera sentada, que a resposta pode demorar...

Rosa
> Que nada, ele já me respondeu!

Fabinho
> E aí?

> Conta tudo.

> O que ele disse?

Fabinho
> Ele tem o disco?

Rosa
> Calma! Rsrsrs.

> Tá parecendo eu...

> Ele disse que não tinha feito capa para nenhum disco inédito do Adoniran... 😒😒

Fabinho
> Como assim? Aquele disco nunca foi lançado. Dei uma pesquisada boa depois que saí da sua casa...

Rosa
> Ele pediu para eu fotografar a capa e mandar. Disse que talvez a capa não fosse dele.

Fabinho
> Como não? A assinatura dele tá na contracapa, eu vi!

Rosa
> Acho que ele não tá lembrado, então. Isso deve fazer tempo, né?

Fabinho
> Não sei de quando é o disco, mas o Adoniran morreu em 1982!

> E aí? *Vc* mandou as fotos?

Rosa
> Vou mandar.

Fabinho
> Beleza, avisa quando ele responder!

Rosa fez fotos da capa, da parte interna e da contracapa e as anexou ao *e-mail*:

Prezado Elifas,
Aí estão as fotos do disco do Adoniran que nunca foi lançado. Ele está novinho, parece que acabou de sair da loja!

O Fabinho andou pesquisando e garantiu que esse disco nunca foi lançado. O nome do meu vô é Luís Edson Belmonte Soares. Espero que você se lembre de algo!
Atenciosamente,
Rosa
p.s. 1: bjk quer dizer beijoca.
p.s. 2: juro que nunca achei que você estivesse morto.

    Rosa enviou o *e-mail* na expectativa de receber a resposta em segundos. Passaram-se minutos e mais minutos, horas até, sem que aparecesse nada de novo em sua caixa de mensagens. Ficar com o olho grudado na tela, com o programa aberto, não ajudou em nada para que o tempo corresse mais rápido. Foi dormir sem solução para seus questionamentos.

***

Segunda-feira. Como se sabe, a manhã da casa era corrida. Acorda as pequenas, ajuda a avó a servir o café, corre pro banheiro que tá vazio, a *van* chegou. Seu Luiz tá agora perguntando se consertaram o vazamento, as meninas quase dormindo enquanto mastigam, apressa que vão perder a condução. O Jefferson quer saber por que o Fabinho tá andando atrás de você. Nada a ver, vó. O Fabinho, neto da Dirce? Aquele bonitinho? Nada a ver, mãe. Precisa comprar açúcar. Eu trago na volta. Tá com interrupção na linha do trem. Checa o *e-mail*. Nada. O muro da Valdenice ficou torto de novo. Hoje em dia...

Pé na rua, fone no ouvido, *play*, outro mundo. Ufa!

Rosa encontrou Antônio na entrada da escola.

– Ué? Você dá aula hoje, professor?

– Não, vim pra resolver umas coisas na secretaria.

– Você não vai acreditar! Conheci o pintor que você mostrou naquela aula em que falou do jornalista assassinado pela ditadura militar.

– O Vladimir Herzog...

– Não, o Elifas Andreato.

Antônio achou graça.

– Vladimir Herzog é o jornalista. Elifas Andreato é o pintor...

– Isso! – riu Rosa. – Conheci o Elifas Andreato. Tô trocando *e-mails* com ele, *mó* gente boa!

A menina contou tudo o que tinha acontecido desde que a avó lhe mostrara a caixa de capas deixada por seu Luís. E aproveitou para dar mais uma espiada no celular para ver se havia chegado alguma mensagem nova. Nada.

— Você acredita? Não pode ser tanta coincidência!
— Realmente, incrível! Elifas é um grande artista. Foi superimportante não só para a música, mas também participou de vários episódios marcantes da história brasileira. Ele renderia uma aula!
— Mais uma, né, professor?
— É verdade, falamos bastante dele naquela aula sobre o Herzog... Mas sabe que eu lembrei de um outro trabalho que ele fez sobre o período da ditadura?
— Então você vai falar dele de novo? Fala, vai!
— Quem sabe...
Quando o sinal da escola tocou, os dois se despediram.
Na saída, como costumava fazer, Rosa acompanhou Kelly até o ponto do ônibus que a levaria ao trabalho.
— Tchau, *nega* – disse Kelly ao embarcar.
Quando estava lá dentro, gritou da janela, só pra envergonhar a amiga:
— Esquece esse homem! Ele tem idade para ser seu avô!
Rosa não sabia onde enfiar a cara. Fixou o olhar na tela do celular, de modo que não pudesse ver a reprovação de todo o 5362-10 – Cocaia/Praça da Sé.
Foi então que reparou na mensagem de Fabinho:

Fabinho
Nada?

Rosa
Nada...

Fabinho
Mas olha só o que eu achei!

Rosa
Nossa!

Fabinho
Esse texto aqui explica o desenho.

Adoniran Barbosa

Fabinho

Os palhaços sempre me fascinaram, talvez porque eu os veja como a ideia mais bem acabada do artista, agentes da esperança, capazes de expressar a felicidade do homem num instante.

Em 1980, fui convidado pelo produtor Fernando Faro para fazer a capa do disco comemorativo dos 70 anos de Adoniran Barbosa. Sempre me impressionou a capacidade cômica de atuação dele, desde os tempos de ator de rádio, no programa História das malocas. Mas também me tocava certa tristeza do personagem, que cantava tragédias como se fosse possível pelo riso superá-las.

Quando recebi o convite de Faro, desenhei esse palhaço choroso. Preparei a capa e fui mostrar ao diretor artístico da gravadora. Ele argumentou que talvez Adoniran pudesse se sentir ofendido. E, apesar da minha convicção, reconsiderei. Desenhei então um Adoniran bonitinho, de chapéu e gravata-borboleta. E foi ele que entrou na capa de seu disco comemorativo, que teve a participação de artistas como Djavan, Elis Regina, Clementina de Jesus e Clara Nunes. Foi um grande sucesso.

O desenho do palhaço dei para Faro, que o enquadrou e pendurou em sua sala. Passado um tempo, ele me liga, falando daquele jeito característico:

– Baixinho, tem uma pessoa aqui em casa querendo falar com você...

Era Adoniran, emocionado.

– Elifas, eu sou esse palhaço triste que tá aqui, não o alemão que você colocou na capa do disco...

Desde então, aprendi a nunca mais subestimar a sensibilidade de um artista.

Fabinho

Demais, né? E olha esses desenhos aqui.

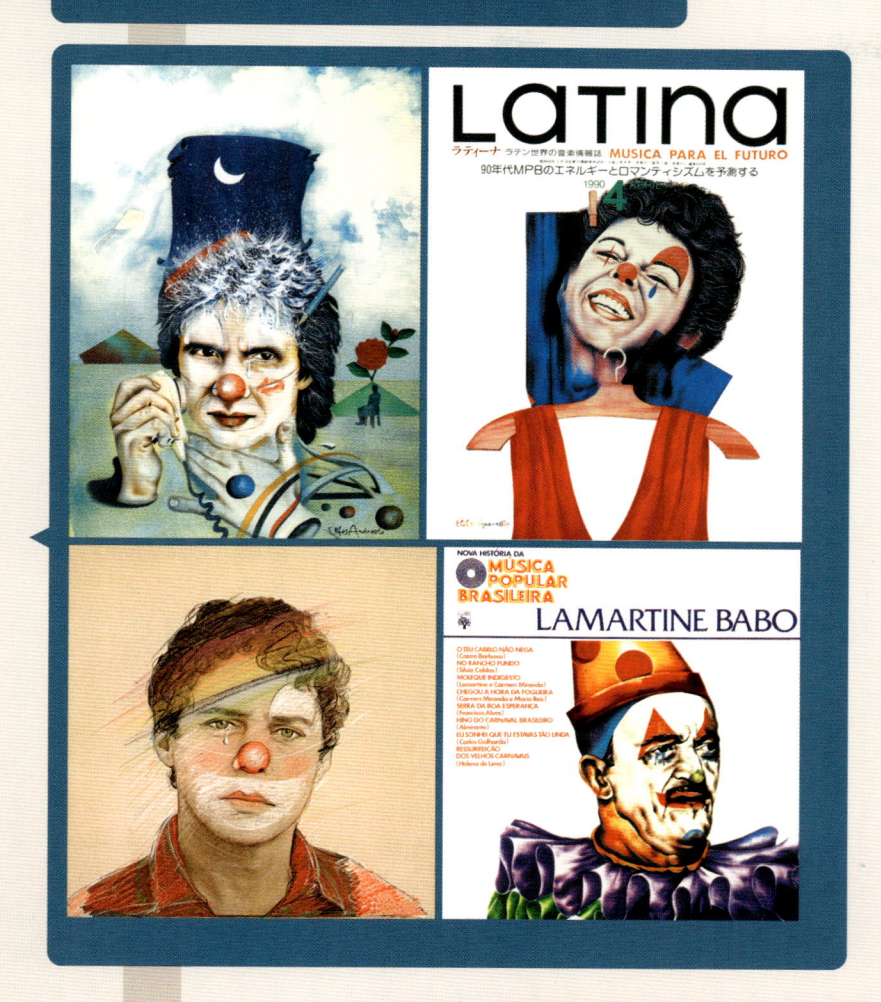

Rosa

Sensacional! Já tinha visto a Elis e o Adoniran. Agora entendi a razão de o Elifas pintar esse povo todo de palhaço: Roberto Carlos, Miúcha, Chico Buarque, Lamartine Babo...

Fabinho

Ele fala que o palhaço é a ideia mais bem acabada do artista...

Rosa

Agentes da esperança...

***

NOVA HISTÓRIA DA
MÚSICA POPULAR BRASILEIRA
LAMARTINE BABO
O TEU CABELO NÃO NEGA
(Castro Barbosa)
NO RANCHO FUNDO
(Sílvio Caldas)
MOLEQUE INDIGESTO
(Lamartine e Cármen Miranda)
CHEGOU A HORA DA FOGUEIRA
(Cármen Miranda e Mário Reis)
SERRA DA BOA ESPERANÇA
(Francisco Alves)
HINO DO CARNAVAL BRASILEIRO
(Almirante)
EU SONHEI QUE TU ESTAVAS TÃO LINDA
(Carlos Galhardo)
RESSURREIÇÃO
DOS VELHOS CARNAVAIS
(Helena de Lima)

Latina
ラティーナ ラテン世界の音楽情報誌 MUSICA PARA EL FUTURO
昭和46年3月30日第三種郵便物認可 平成2年4月1日発行（毎月1回1日発行）通巻434号
90年代MPBのエネルギーとロマンティシズムを予測する
1990 4 ABRIL

Naquela noite, Rosa respondeu mais um "Nada ainda?" de Fabinho antes de dormir. Nada. Talvez agora Elifas tivesse se desinteressado de vez. Não conhecia o avô, aquela capa não lhe dizia nada, o jeito era se conformar.

Entretanto, no dia seguinte, copo de café em punho, Antônio reacendeu nela a expectativa por uma resposta.

– Bom dia, Brasil! Por sugestão da Rosa, trouxe para a nossa reflexão em sala um trabalho realizado por Elifas Andreato.

– Aposto que tem a ver com música! – gritou lá do fundo Dininho. – Essa menina só pensa nisso...

– Elifas Andreato não é o artista que falamos na outra aula? – perguntou Camila.

– Não, aquele era o Picasso! – tentou esclarecer Dininho.

– Na verdade, falamos tanto do Picasso quanto do Elifas Andreato – prosseguiu Antônio. – E o trabalho que eu trouxe hoje não tem a ver com música. Mas, antes de mostrá-lo, gostaria de perguntar se vocês lembram de casos recentes de violência.

– *Vixe, profe*! Violência é o que não falta, né? – falou Kelly. – É só o que tem no jornal... Quer dizer, não só no jornal: na tevê, na internet, até no grupo da minha família!

– É verdade, Kelly. Muitas vezes é demais. Mas para que vocês acham que serve essa profusão de notícias sobre atos de violência?

– Pra botar medo no povo? – arriscou Dininho.

– É só pra ganhar audiência! – completou Kelly.

– Que nem aquele apresentador que fica todo dia falando de crime na televisão – seguiu o menino. – Tenho uma prima que mora lá no sertãozão de Pernambuco que me falou que tem medo de sair de casa por conta da violência que ela vê no programa. Mas tudo o que ele mostra é em São Paulo!

– Vocês dois estão certíssimos – elogiou o professor. – Quando jornais, revistas, programas de tevê, páginas, perfis e *sites* da internet exploram essas imagens para ganhar audiência, chamamos isso de sensacionalismo. Mas, por outro lado, algumas dessas notícias de violência também servem para denunciar crimes que de outro modo talvez não fossem investigados nem julgados da maneira correta. Concordam?

– Tipo o vídeo do assassinato do George Floyd, né, professor?

– Exatamente, Júlio. Se aquelas imagens em que ele aparece sendo sufocado por policiais em Minneapolis, nos Estados Unidos, não viessem a público, talvez não tivéssemos a comoção mundial provocada por seu assassinato. Gente de todos os cantos se reuniu para protestar, fazer manifestos, músicas, filmes, debates...

— A mesma coisa com o João Alberto, lá em Porto Alegre – acrescentou Rosa.

— Exato. João Alberto, outro homem negro, foi sufocado até a morte por seguranças de um supermercado. O caso também gerou indignação na sociedade – concordou o professor. – E como essas imagens chegaram a público?

— O povo na rua que filmou – disse Kelly.

— E todos os jornais mostraram – completou Camila.

— Isso mesmo. Nos últimos tempos, grande parte dessas imagens vem das câmeras dos telefones celulares. A imprensa também costuma registrar esses fatos, além de divulgá-los. E isso é muito importante para provocar transformações na sociedade. Mas também há uma outra forma de tornar públicas certas barbaridades que acontecem. Alguém tem um palpite?

Silêncio na sala.

— Qual era a intenção do Picasso quando pintou *Guernica*? Ou do Elifas quando retratou o assassinato do Vladimir Herzog?

— Fazer sensacionalismo? – arriscou Dininho.

— Não! – riu o professor, seguido pela turma. – O que eles pretendiam era deixar registradas na história essas atrocidades. A partir dessas pinturas, por exemplo, foi possível para nós, tanto tempo depois, discutir a questão da Guerra Civil Espanhola e da ditadura militar brasileira.

Antônio então desenrolou uma espécie de pôster e mostrou para a turma o que tinha trazido.

— Nossa, professor, que forte! – falou Camila.

— Por que esse povo tá apanhando? – perguntou Kelly.

— Aquilo ali não é uma foto do Vladimir Herzog? – apontou Júlio.

— Sim – respondeu Antônio. – Tem fotos do Vladimir Herzog, do deputado Rubens Paiva, da ex-presidente Dilma Rousseff e de outros homens e mulheres que passaram por torturas durante o regime militar.

1985
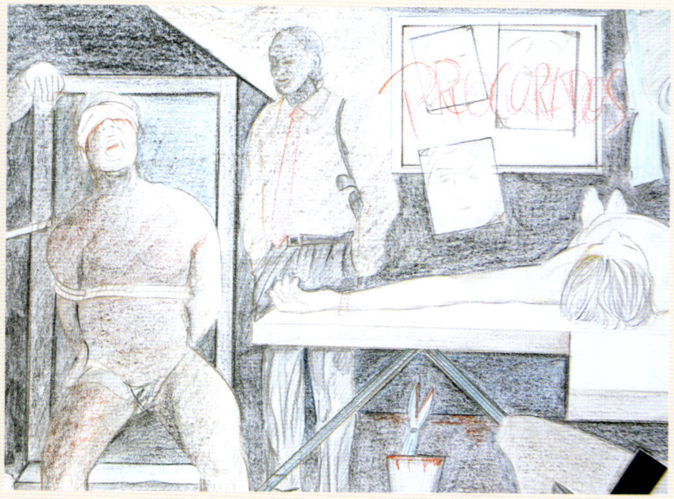

1964

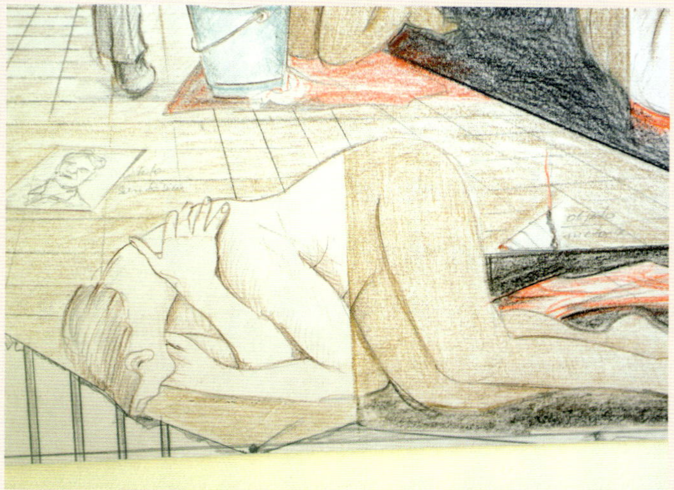

1964

SENHOR DEUS
DOS DESGRAÇADOS
DIZEI-ME VÓS,
SENHOR DEUS
SE É DELÍRIO
OU SE É VERDADE
TANTO HORROR
PERANTE OS CÉUS?
Castro Alves
NUNCA MAIS
1985
A VERDADE
AINDA QUE TARDIA
DODORA
2012

— *A verdade ainda que tardia. Dodora* — leu Camila no canto do pôster.

— É essa a intenção do artista: deixar registrada uma triste realidade que aconteceu no Brasil, a tortura de pessoas que lutavam pela democracia e pelos direitos humanos no país.

— E quem foi Dodora? — perguntou Camila.

— Foi uma dessas mulheres brutalmente torturadas e que tiveram as vidas exterminadas.

— Até hoje os caras dão porrada na geral. De vez em quando aparece um morto no escadão.

— É verdade, Dininho. Tem muita gente que defende que violências desse tipo são herança do período militar. E que agora as pessoas não são torturadas por questões políticas, mas por questões sociais e de raça, como a gente vê nos casos do João Alberto, do George Floyd e de tantos outros...

Antônio entregou a Rosa uma folha de papel e pediu que ela lesse o texto de Elifas sobre a obra.

— *No encerramento de uma série de debates sobre direitos humanos na América Latina, no âmbito dos trabalhos da Comissão Parlamentar Memória, Justiça e Verdade, em 2011, o presidente da comissão equivalente no Chile comentou comigo que o Holocausto comoveu o mundo por causa das imagens estarrecedoras dos campos de concentração divulgadas no pós-guerra.*

Ele completou dizendo que nós, deste lado do mundo, tínhamos fartos depoimentos das atrocidades praticadas pelos regimes militares. Mas nos faltavam as imagens.

Me despedi dele com a certeza de que teria um longo e sofrido trabalho pela frente: a criação de um painel de mais de cinco metros de comprimento que compõe um trágico retrato da vida brasileira entre 1964 e 1985 — anos de crimes hediondos cometidos por assassinos que nunca foram punidos.

— *Mano*, cinco metros! Esse Elifas é tipo um grafiteiro, né? — empolgou-se Dininho.

— Ele costuma se definir como artista gráfico ou desenhista — observou Antônio. — Mas certamente essa obra renderia um grafite bem impactante, né?

— *Profe*, pensando aqui: outro jeito de denunciar essas violências é a música. Tipo *rap*, né?

— Agora o Dininho quer falar de música, né? — devolveu Rosa.

***

No intervalo entre as aulas, Rosa aproveitou para checar mais uma vez o *e-mail*, sem muita esperança. Mas não é que Elifas havia respondido?

Prezada Rosa,

Desculpe por demorar tanto a escrever. É que toda vez que chove aqui em casa tenho problemas com a internet...

Infelizmente acho que não conheci seu avô. Talvez ele tenha ganhado essas capas de alguém, quem sabe...

Diga ao Fabinho que ele estava certo: a capa de Adoniran que você me mandou realmente nunca foi lançada. Mas o disco foi.

Criei essa arte para o disco ADONIRAN E CONVIDADOS, em 1980, mas acabei desistindo da ideia.

Eu tinha um acordo com a gráfica que imprimia as capas de disco das grandes gravadoras da época. Em vez de me pagarem uma comissão para fazer o trabalho lá, eu pedia que eles imprimissem as minhas propostas de modo que ficassem exatamente como chegariam às lojas. Assim, acreditava que teria mais domínio sobre os resultados e poderia apresentar um trabalho mais fiel aos artistas, que tinham a palavra final sobre as capas.

Gostaria muito de poder fotografar essa capa para tê-la no meu acervo. Podemos combinar como fazer isso?

bjk,

Elifas Andreato

p.s. (mais um): Seguem em anexo os meus contatos, inclusive o celular. Podemos seguir falando por mensagem de texto. *E-mail* é coisa de velho!

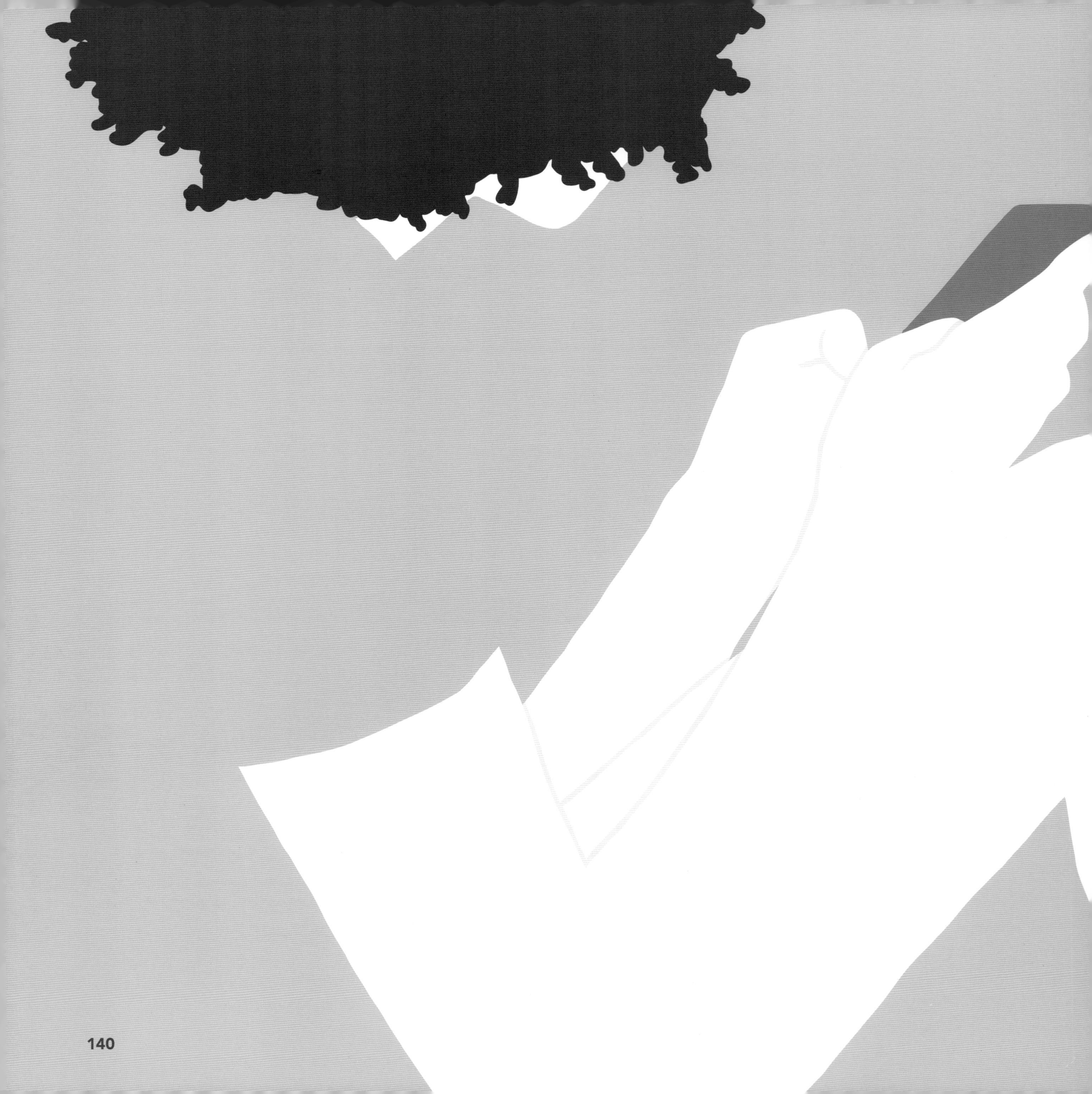

8

Foi só ao entrar em casa que Rosa se preparou para responder à mensagem que Elifas havia mandado e para contar a Fabinho a história da capa. Não estava dando para ficar de bobeira com o celular no ônibus. Bateu a porta da sala, passou voando pela cozinha, entrou no quarto, jogou o colchão no chão, tirou o travesseiro do armário e aterrissou, pronta para digitar.

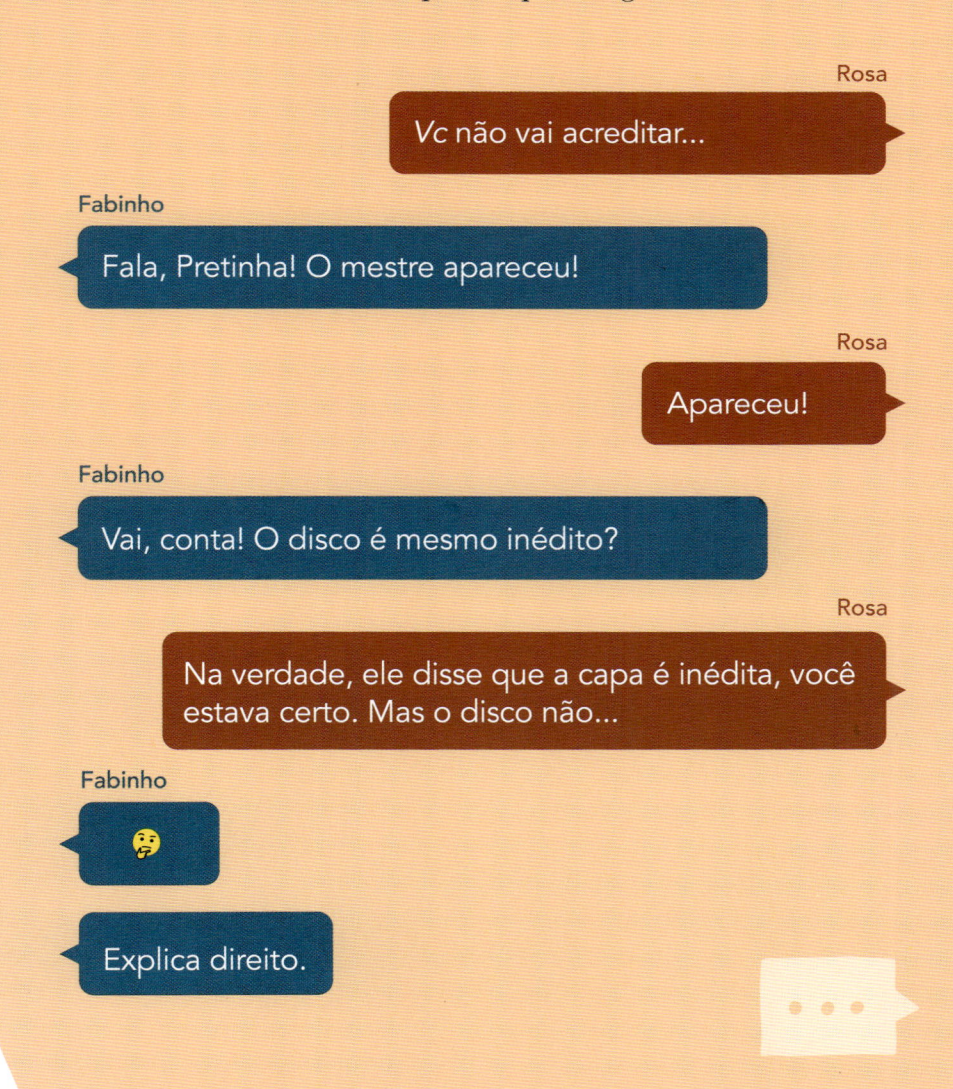

Rosa
> *Vc* não vai acreditar...

Fabinho
> Fala, Pretinha! O mestre apareceu!

Rosa
> Apareceu!

Fabinho
> Vai, conta! O disco é mesmo inédito?

Rosa
> Na verdade, ele disse que a capa é inédita, você estava certo. Mas o disco não...

Fabinho
> 🤔

Fabinho
> Explica direito.

Rosa
Ele fez aquela capa para o disco ADONIRAN E CONVIDADOS. Aquele mesmo da história do palhaço triste. Mas aí se arrependeu…

Fabinho
De novo?!

Rosa
😂😂😂

De novo… Se arrependeu e deixou ela de lado.

Fabinho
Mas a capa era perfeitinha. Parecia que tinha saído da loja!

Rosa
É porque ele realmente fez a capa na gráfica, imprimiu nas mesmas máquinas usadas para fazer a capa dos discos que iam para as lojas.

Fabinho
Mas ele fez vários exemplares?

Rosa
Pelo que entendi, só um. Tanto que ele quer fotografar para colocar no acervo dele.

Fabinho
Pretinha, o mundo não tem um Adoniran Barbosa inédito, mas você tem um Elifas Andreato único em suas mãos!

> **Rosa**
> Hahaha! Não vendo nem troco!

> **Fabinho**
> E sobre o seu vô, ele falou alguma coisa?

> **Rosa**
> Disse que não conhecia...

> **Fabinho**
> Então seguimos com o mistério: por que seu Luís tinha essa capa que nem o Elifas tem?

> **Rosa**
> Vai saber...

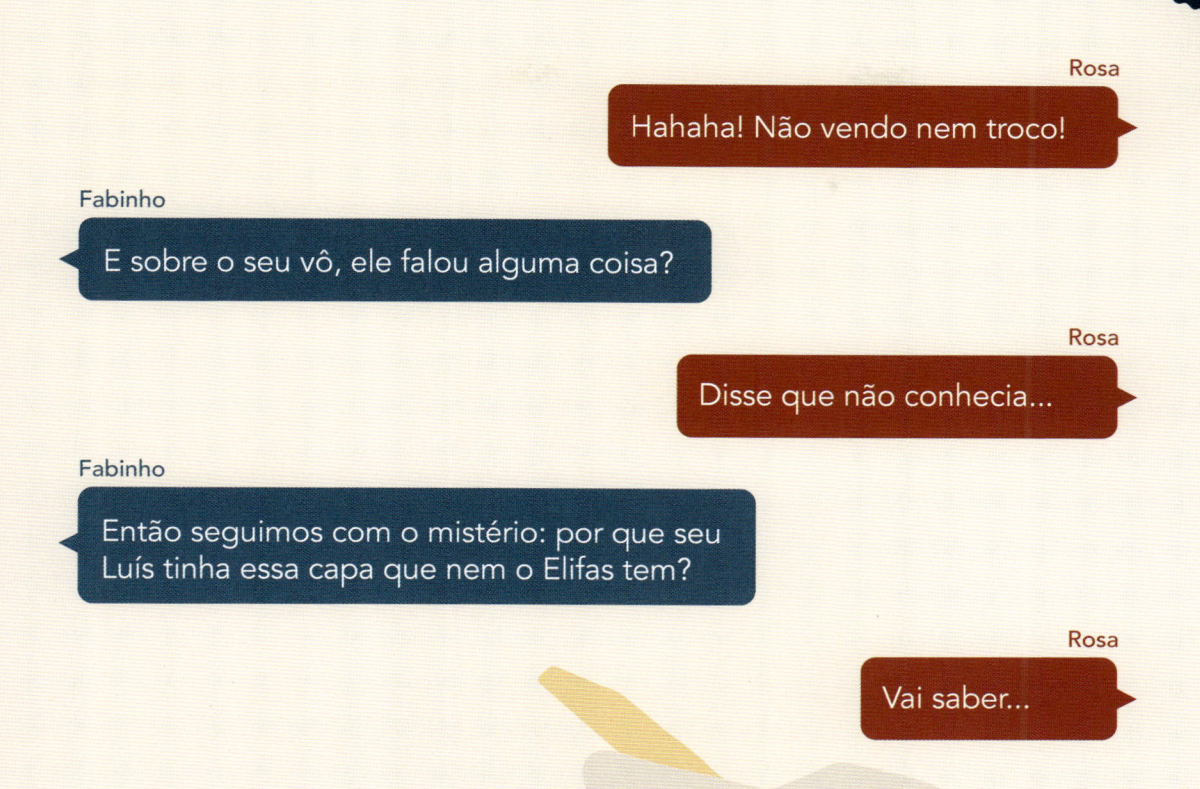

Dona Isaldina chamou a neta para almoçar e a conversa teve que ser interrompida. Na volta, Rosa colocou Elifas em seus contatos, mas ainda titubeou para mandar a mensagem.

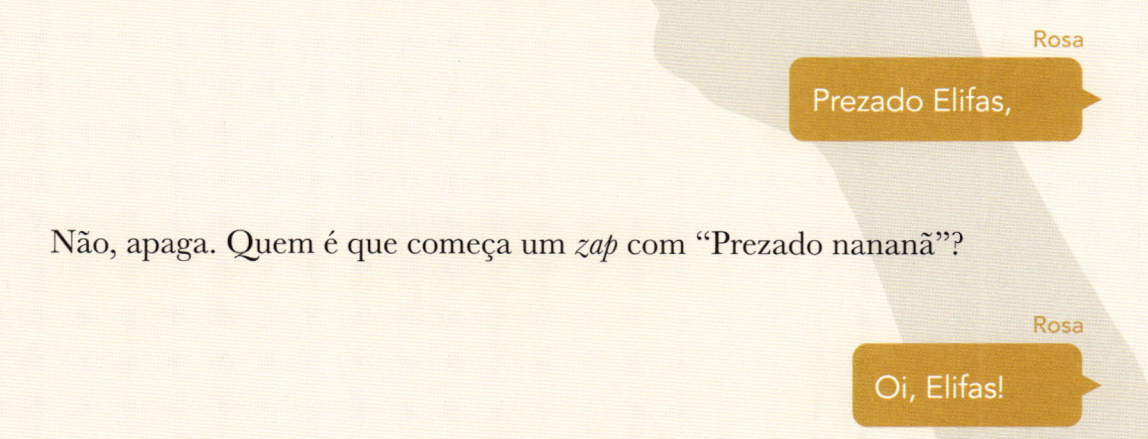

> **Rosa**
> Prezado Elifas,

Não, apaga. Quem é que começa um *zap* com "Prezado nananã"?

> **Rosa**
> Oi, Elifas!

Muito informal para uma primeira mensagem? Acho que não. Mesmo porque nem é a primeira mensagem. Continuou.

Rosa: Oi, Elifas! Que bom que você respondeu. Tava achando que tinha ignorado essa história. Apesar de a gente não ter descoberto uma obra inédita do Adoniran, achei genial a história de que você fazia as capas iguaizinhas às dos discos só para apresentar a ideia!

Rosa enviou a mensagem e logo o aplicativo indicou que Elifas leu. Será que ia responder?

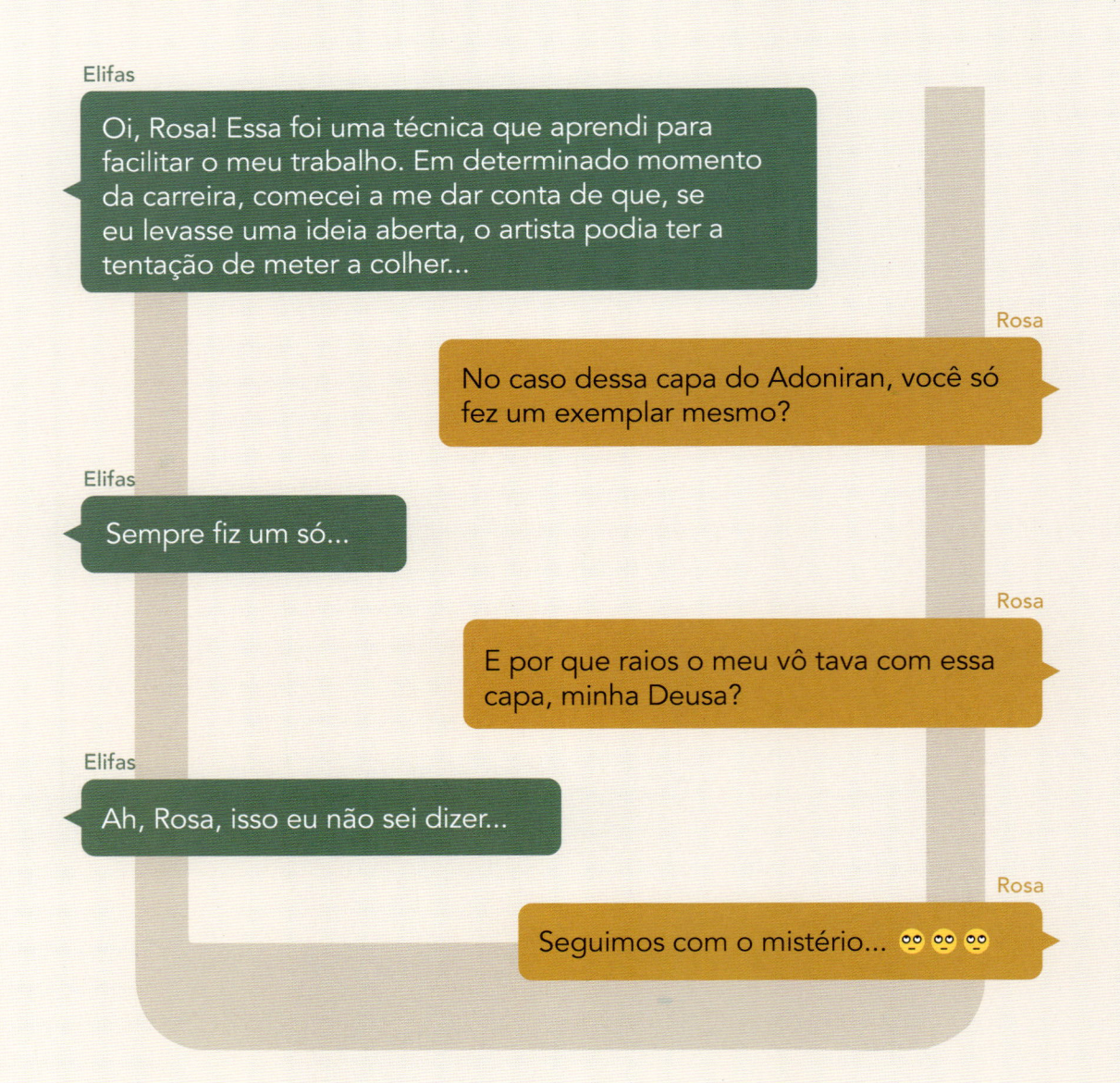

Elifas: Oi, Rosa! Essa foi uma técnica que aprendi para facilitar o meu trabalho. Em determinado momento da carreira, comecei a me dar conta de que, se eu levasse uma ideia aberta, o artista podia ter a tentação de meter a colher...

Rosa: No caso dessa capa do Adoniran, você só fez um exemplar mesmo?

Elifas: Sempre fiz um só...

Rosa: E por que raios o meu vô tava com essa capa, minha Deusa?

Elifas: Ah, Rosa, isso eu não sei dizer...

Rosa: Seguimos com o mistério... 👀👀👀

Rosa: Sabe que hoje meu professor de História deu uma aula sobre um quadro seu?

Elifas: Um quadro meu? Olha só! Qual foi?

Rosa: Aquele das torturas.

Elifas: *A verdade ainda que tardia?*

Elifas: Sabe que eu levei meses para pintar aquelas telas? Dormia mal, acordava cedo, trabalhava até tarde da noite!

Elifas: Nunca sofri tanto pra concluir um trabalho, porque, além da dificuldade de usar aquela técnica numa escala tão grande, o tema era muito duro.

Rosa: Nossa! E como você soube como eram feitas aquelas torturas todas?

Elifas: Li muita coisa: livros, reportagens e também depoimentos de quem sofreu ou assistiu àqueles crimes horríveis...

Rosa: Muita gente só conhece as coisas que você faz para a música, né?

145

Elifas

É, mas fiz tanta coisa na vida... Agora mesmo eu estava organizando um material para uma exposição que estou preparando, e achei uns livros antigos em que trabalhei.

Rosa

Olha, taí mais uma descoberta! Livros conhecidos?

Elifas

Ah, uma porção deles são bem importantes. Por exemplo, esse aqui:

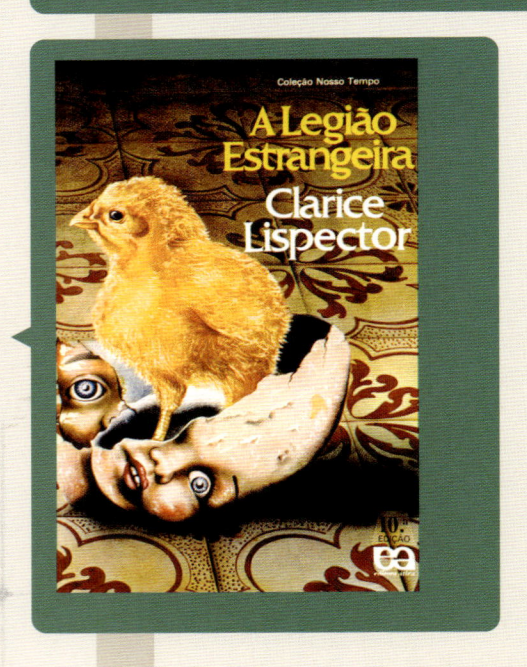

Rosa

Clarice Lispector! A professora de Literatura mandou a gente ler *A hora da estrela*.

Elifas

É um ótimo livro! *A legião estrangeira* é de contos. Fiz a capa e ilustrações para cada um deles.

Coleção Nosso Tempo

A Legião Estrangeira
Clarice Lispector

10ª EDIÇÃO

editora ática

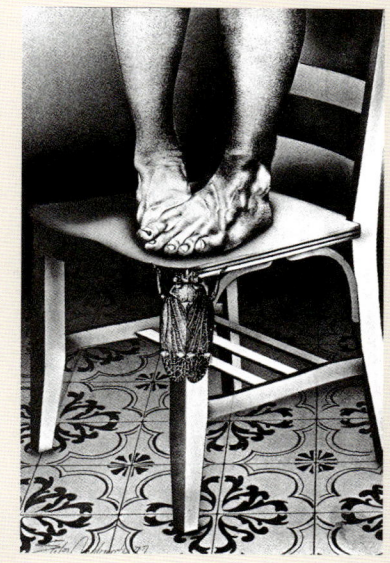

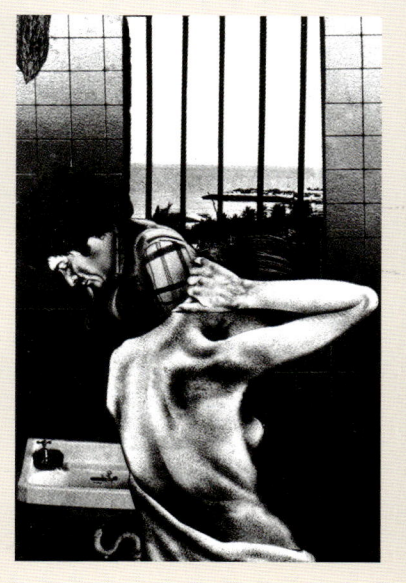

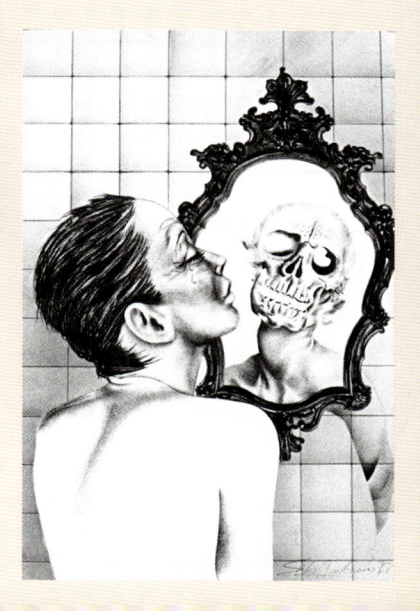

Elifas

Desse aqui acho que você também iria gostar.

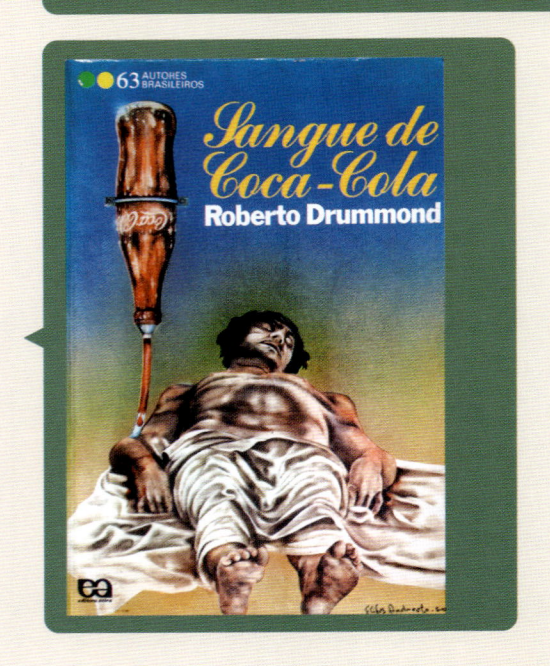

Rosa

Sangue de Coca-Cola? Sobre o que é?

Elifas

É sobre uma alucinação coletiva que acomete o Brasil no dia 1º de abril de 1964. Todo mundo toma uma Coca-Cola batizada e fica doidão.

Rosa

Mas, espera aí, essa não é a data do golpe militar?

Elifas

Exatamente. Mas o Roberto Drummond não escreve de forma tão direta sobre a ditadura, mesmo porque se escrevesse ele seria censurado.

O tema, claro, eram todas aquelas barbaridades que estávamos vivendo.

E também o imperialismo norte-americano, a questão do consumismo, a propaganda...

63 Autores Brasileiros

Sangue de Coca-Cola
Roberto Drummond

Rosa
A gente tem falado bastante sobre a ditadura na escola. Você fez muitos trabalhos sobre esse período, né?

Elifas
Ah, eu vivi intensamente essa época. Faço parte de uma geração de músicos, intelectuais, jornalistas, atrizes e atores que produziu coisas muito importantes. Quando trabalhava ao lado deles, meu serviço, de certa forma, era criar um convite para que o público conhecesse obras muito maiores do que as minhas.

Rosa
Mas muitas vezes essas obras também entraram pra história, né?

Elifas
É verdade. Isso porque esses companheiros e companheiras da minha geração sempre foram muito generosos. Entendiam que meu trabalho não era simplesmente fazer uma embalagem, mas um complemento do que estavam produzindo.

Rosa
Suas capas têm muito disso!

Elifas
O Sérgio Cabral, que foi um jornalista muito importante, deu um depoimento legal em um documentário que fizeram sobre a minha relação com a música do Rio de Janeiro. Entre outras coisas, ele fala que os artistas, quando me convidavam a fazer as capas de seus discos, queriam mesmo era saber como é que eu interpretaria aquelas músicas.

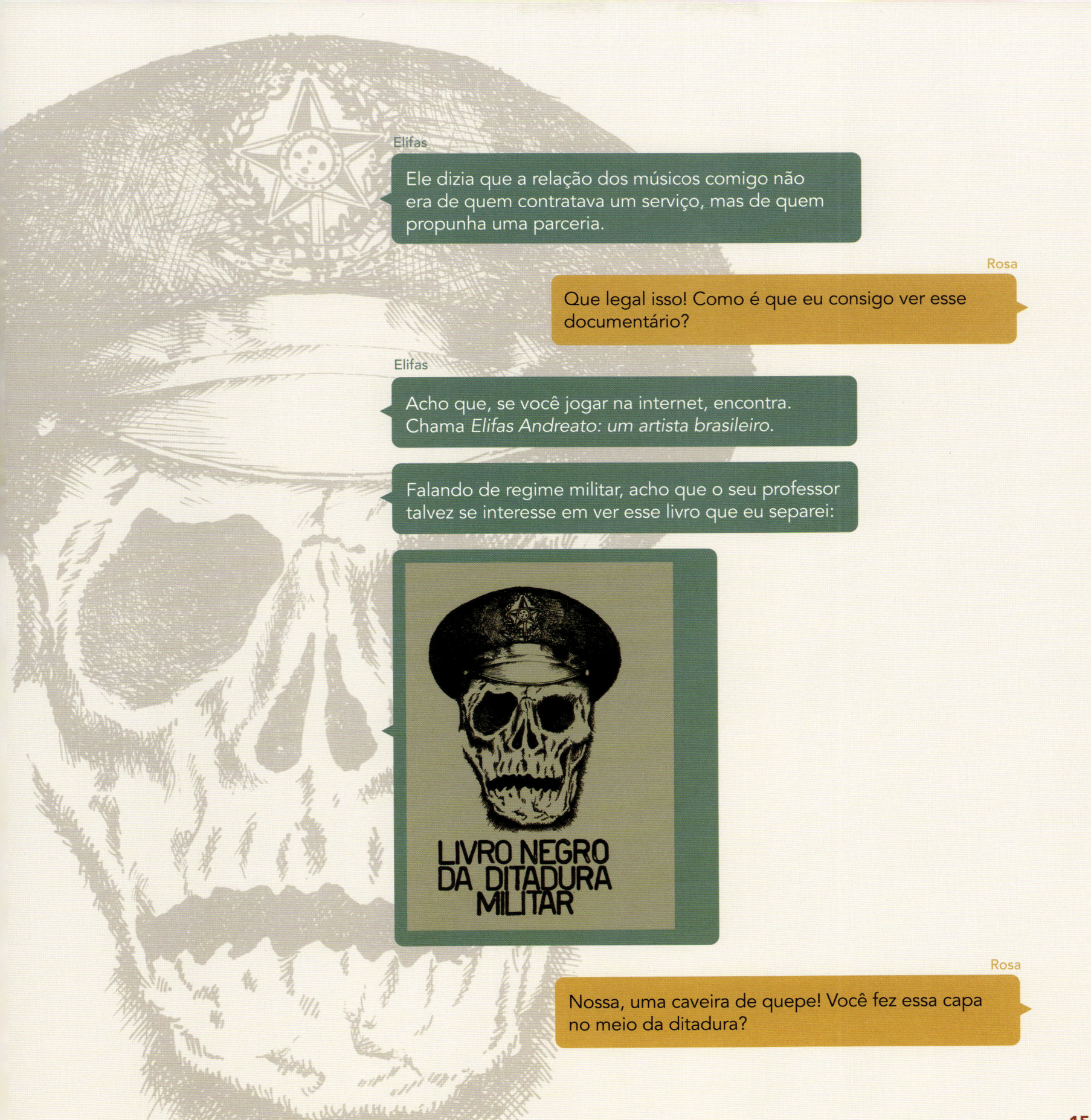

Elifas

Ele dizia que a relação dos músicos comigo não era de quem contratava um serviço, mas de quem propunha uma parceria.

Rosa

Que legal isso! Como é que eu consigo ver esse documentário?

Elifas

Acho que, se você jogar na internet, encontra. Chama *Elifas Andreato: um artista brasileiro*.

Falando de regime militar, acho que o seu professor talvez se interesse em ver esse livro que eu separei:

Rosa

Nossa, uma caveira de quepe! Você fez essa capa no meio da ditadura?

Elifas

Fazer esse livro foi uma loucura! É um livro-denúncia das atrocidades cometidas pelos militares, feito com uma coragem sem par. Ele foi inteiramente pesquisado, escrito, impresso e distribuído na total clandestinidade.

Rosa

E quem escreveu? Pode dizer?

Elifas

Hoje, pode. Naquela época talvez significasse a morte. Era um grupo de colaboradores: Bernardo Joffily, Divo e Raquel Guisoni, Duarte Pereira, Jô Moraes, Márcio Bueno Ferreira e meu querido amigo Carlos Azevedo. Minha companheira na época, a fotógrafa Iolanda Huzak, se encarregou de datilografar o texto todo. A mim coube fazer a capa.

Rosa

E que capa!

Elifas

Outra que acho bem interessante é essa aqui:

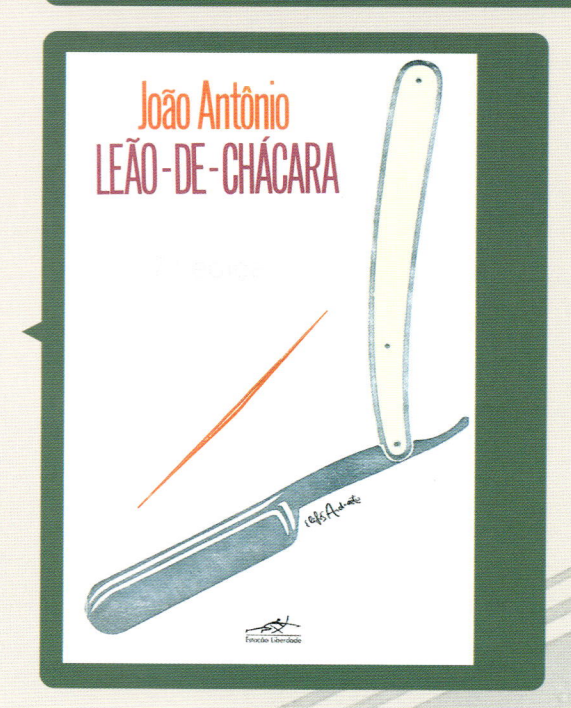

LIVRO NEGRO
DA DITADURA
MILITAR

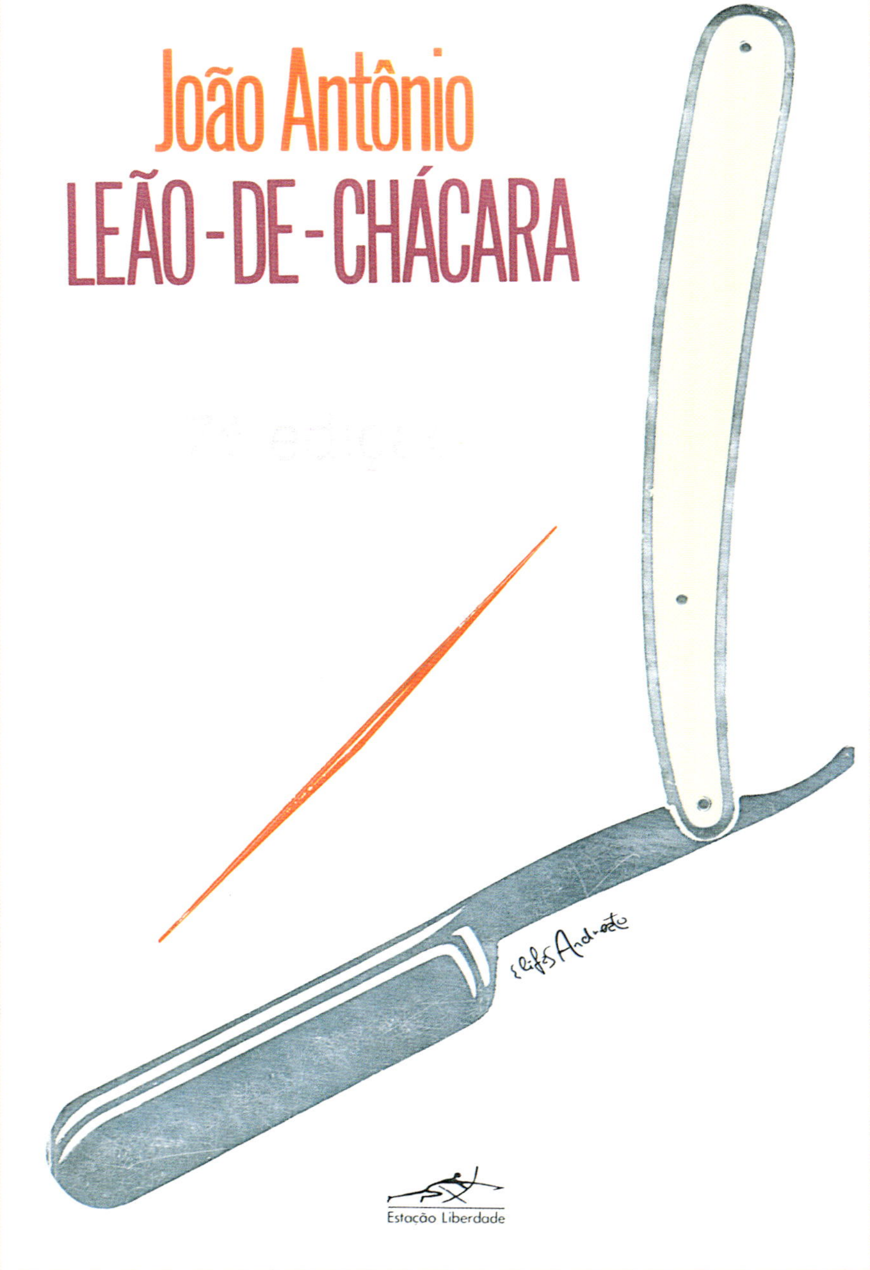
João Antônio
LEÃO-DE-CHÁCARA
Estação Liberdade

Rosa: *Leão de chácara...*

Elifas: Fiz pro João Antonio, um escritor que todos deveriam ler, especialmente os paulistanos.

Elifas: Ele fala dos malandros de São Paulo, dos personagens das ruas, taxistas, apostadores... É uma cidade que pouca gente conhece. E o texto é espetacular.

Rosa: É impressão minha ou essa navalha tá mesmo cortando a capa?

Elifas: Não é impressão, não. Pra fazer essa capa, recorri a um recurso gráfico que gosto muito de utilizar.

Rosa: Faca gráfica!

Elifas: Você tá muito sabida, menina!

Rosa: Tô aprendendo!

Rosa

Me falaram que só dá pra fazer isso se você conhecer muito de gráfica.

Elifas

Esse é o nosso ofício, né? É preciso saber quais são os recursos disponíveis. E ajuda bastante se você for lá, conhecer o gráfico responsável pelo trabalho, explicar o que vai ser feito.

Ao longo da minha carreira esses profissionais foram sempre muito importantes. São também parceiros desses meus trabalhos.

***

Apesar de não ter esclarecido o mistério das capas vazias, Rosa estava um tanto orgulhosa do amigo famoso, se é que podia chamá-lo assim. Depois de tantas coincidências, sentia que conhecia Elifas há tempos. Bem que Criolo falou para Fabinho que ele adorava contar uma história. E, considerando o tanto de coisas que ele já tinha feito, imaginava poder passar horas ouvindo passagens da vida e da carreira dele e das figuras excepcionais com quem havia trabalhado.

No computador da escola, alguns dias depois, assistiu ao documentário sobre Elifas e ficou impressionada com alguns dos depoimentos. Descobriu que, quando tinha mais ou menos a idade dela, Elifas trabalhava numa fábrica como aprendiz de torneiro mecânico e que os primeiros serviços artísticos que fez foram para decorar o salão da fábrica nos dias de festa.

Tempos depois, tornou-se responsável pela arte de uma coleção de fascículos lançada pela Abril Cultural: HISTÓRIA DA MÚSICA POPULAR BRASILEIRA. Toda vez que os jornalistas iam entrevistar os retratados do fascículo – artistas de sua geração, como Chico Buarque, Caetano Veloso, Paulinho da Viola, mas também gente mais velha, como Pixinguinha, Dorival Caymmi, Cartola, Luiz Gonzaga –, Elifas dava um jeito de ir junto. Assim foi se aproximando desses grandes nomes da MPB, e logo estava sendo chamado para fazer suas capas, construir cenários, dirigir seus *shows*.

***

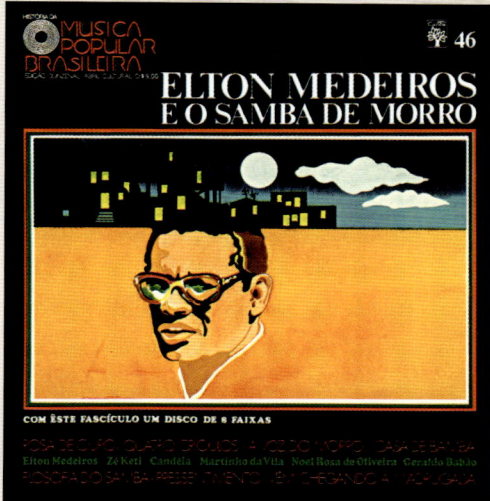

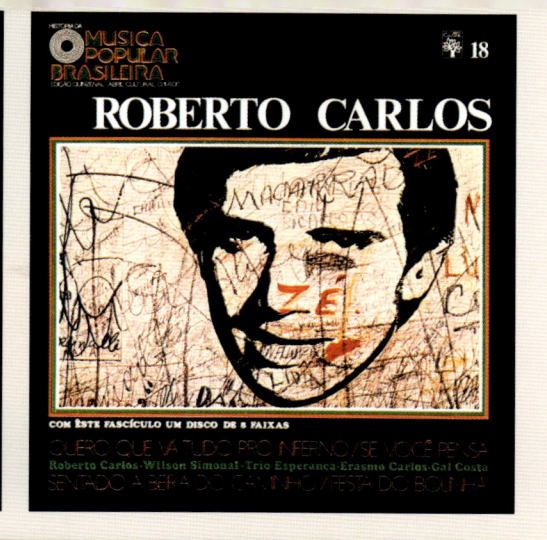

MUSICA POPULAR BRASILEIRA

ELTON MEDEIROS E O SAMBA DE MORRO — 46

ROBERTO CARLOS — 18

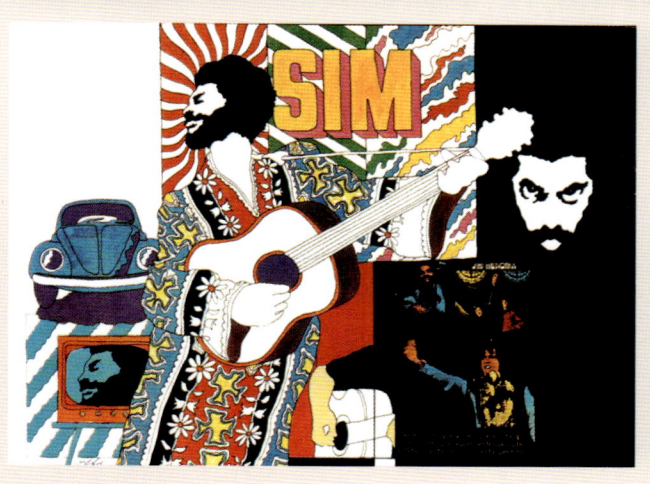

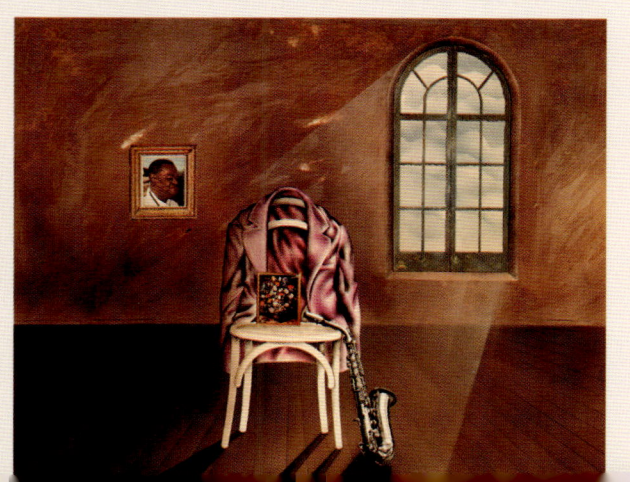

No sábado, Rosa foi com Kelly até o centro cultural. Vários poetas da região alguns com idades próximas à das meninas, outros mais velhos – iriam participar de uma edição do *slam* do bairro.

Boa parte das rimas era sobre a realidade na periferia, os desafios de ser negro em uma sociedade racista, a violência da polícia, as injustiças cometidas pelos poderosos. Mas também havia poemas sobre o cotidiano, os amores e as frustrações, as incertezas da vida.

Rosa pensou que esses eram temas comuns da arte. Que estavam presentes tanto em um *slam* no Grajaú quanto numa música de Chico Buarque. E que atravessavam tempos e territórios. De algum modo deviam ter passado pelos cantos que entoaram seus ancestrais e pela batucada no terreiro, que um dia virou roda de samba. Pelo pé na terra de Clementina, pela sandália na avenida e pelo choro de Paulinho da Viola. Pelo tributo de Criolo e pelas palavras de Emicida.

* * *

Na saída do evento, Rosa reparou em um cartaz pendurado no mural. Não podia ser... Nem vacilou. Sacou o celular, apontou para o pôster e *clique*.

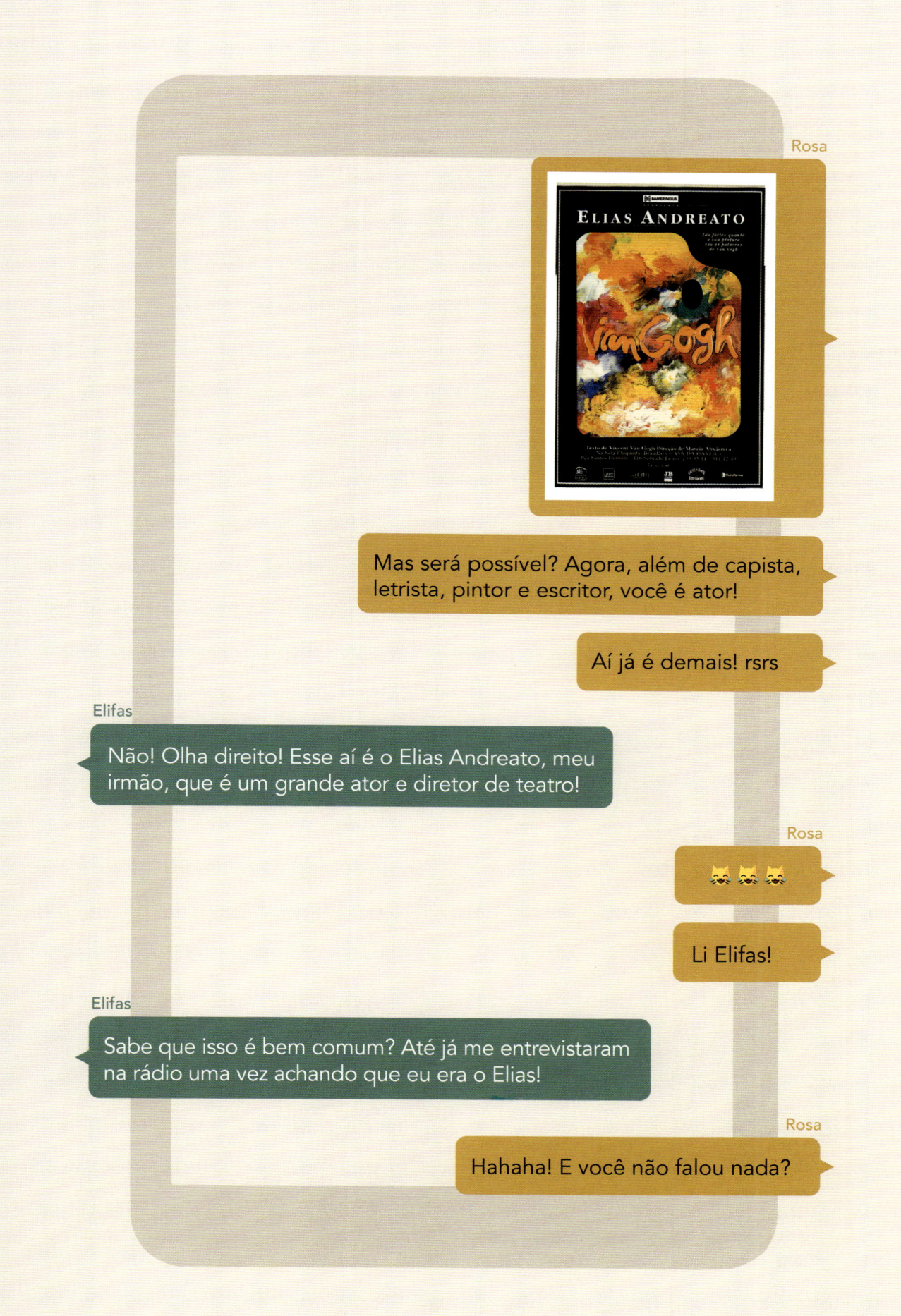

Rosa

[pôster: ELIAS ANDREATO — Van Gogh]

Rosa
Mas será possível? Agora, além de capista, letrista, pintor e escritor, você é ator!

Aí já é demais! rsrs

Elifas
Não! Olha direito! Esse aí é o Elias Andreato, meu irmão, que é um grande ator e diretor de teatro!

Rosa
🐱🐱🐱

Li Elifas!

Elifas
Sabe que isso é bem comum? Até já me entrevistaram na rádio uma vez achando que eu era o Elias!

Rosa
Hahaha! E você não falou nada?

BAMERINDUS APRESENTA

ELIAS ANDREATO

Tão fortes quanto a sua pintura são as palavras de Van Gogh

Van Gogh

Texto de Vincent Van Gogh Direção de Marcia Abujamra
Na Sala Chiquinho Brandão (CASA DA GÁVEA)
Pça Santos Dumont ; 116/Sobrado Fones: 239 35 11 - 511 12 49

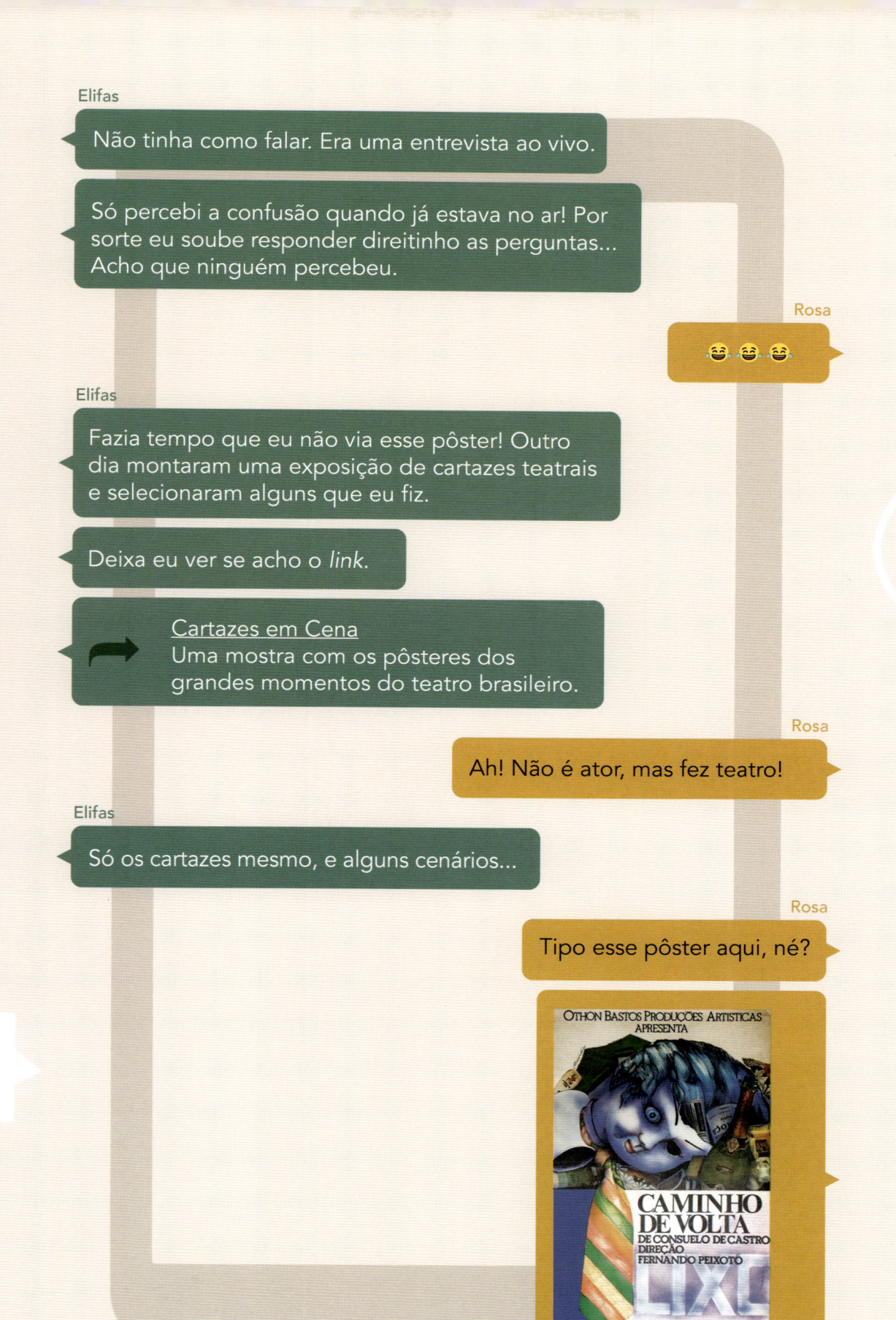

Elifas
Não tinha como falar. Era uma entrevista ao vivo.

Só percebi a confusão quando já estava no ar! Por sorte eu soube responder direitinho as perguntas... Acho que ninguém percebeu.

Rosa
😂😂😂

Elifas
Fazia tempo que eu não via esse pôster! Outro dia montaram uma exposição de cartazes teatrais e selecionaram alguns que eu fiz.

Deixa eu ver se acho o *link*.

➡ Cartazes em Cena
Uma mostra com os pôsteres dos grandes momentos do teatro brasileiro.

Rosa
Ah! Não é ator, mas fez teatro!

Elifas
Só os cartazes mesmo, e alguns cenários...

Rosa
Tipo esse pôster aqui, né?

OTHON BASTOS PRODUÇÕES ARTÍSTICAS APRESENTA
CAMINHO DE VOLTA
DE CONSUELO DE CASTRO
DIREÇÃO
FERNANDO PEIXOTO
TEATRO ALIANÇA FRANCESA
R. GENERAL JARDIM, 182

Othon Bastos Produções Artísticas apresenta

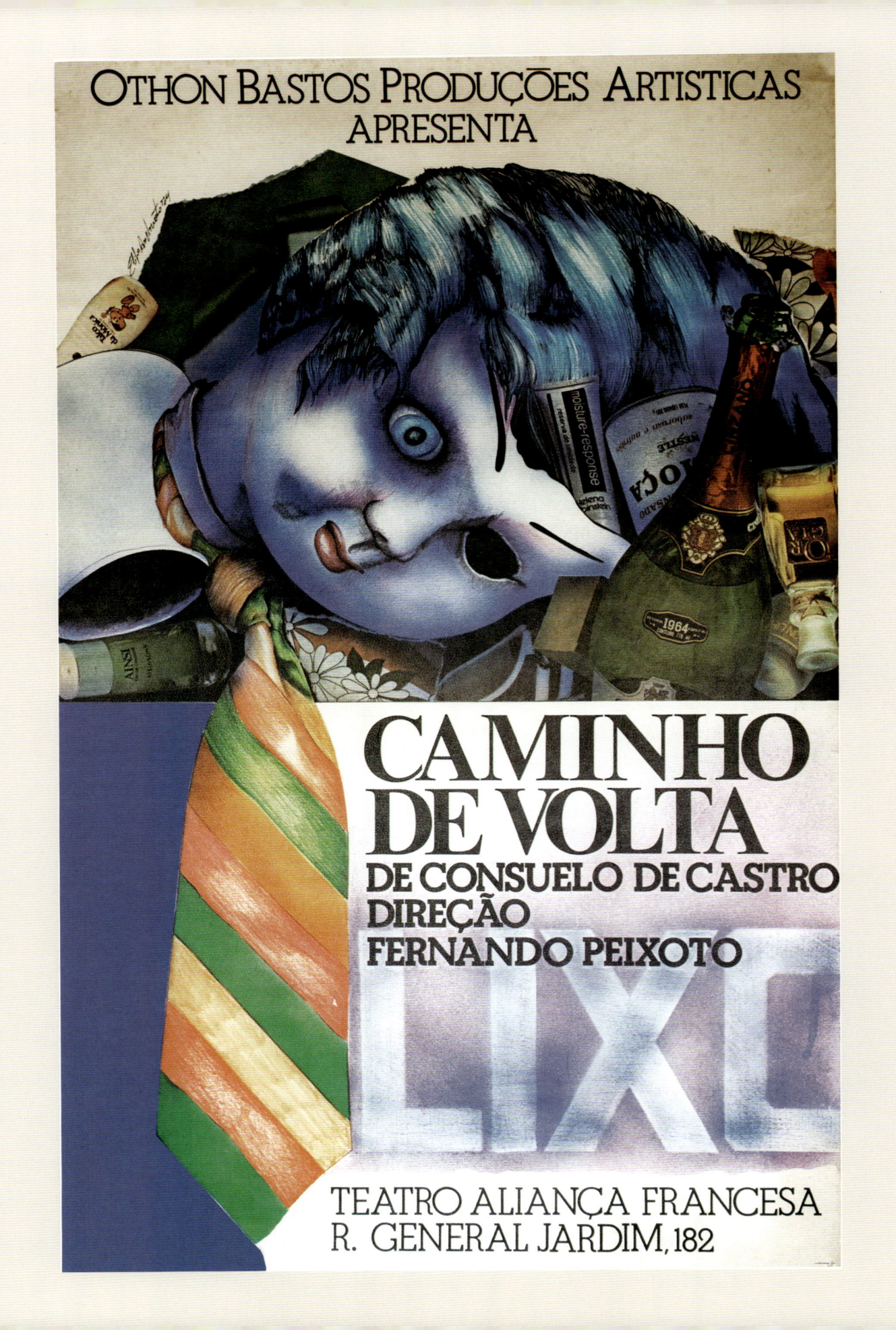

CAMINHO DE VOLTA
DE CONSUELO DE CASTRO
DIREÇÃO
FERNANDO PEIXOTO

TEATRO ALIANÇA FRANCESA
R. GENERAL JARDIM, 182

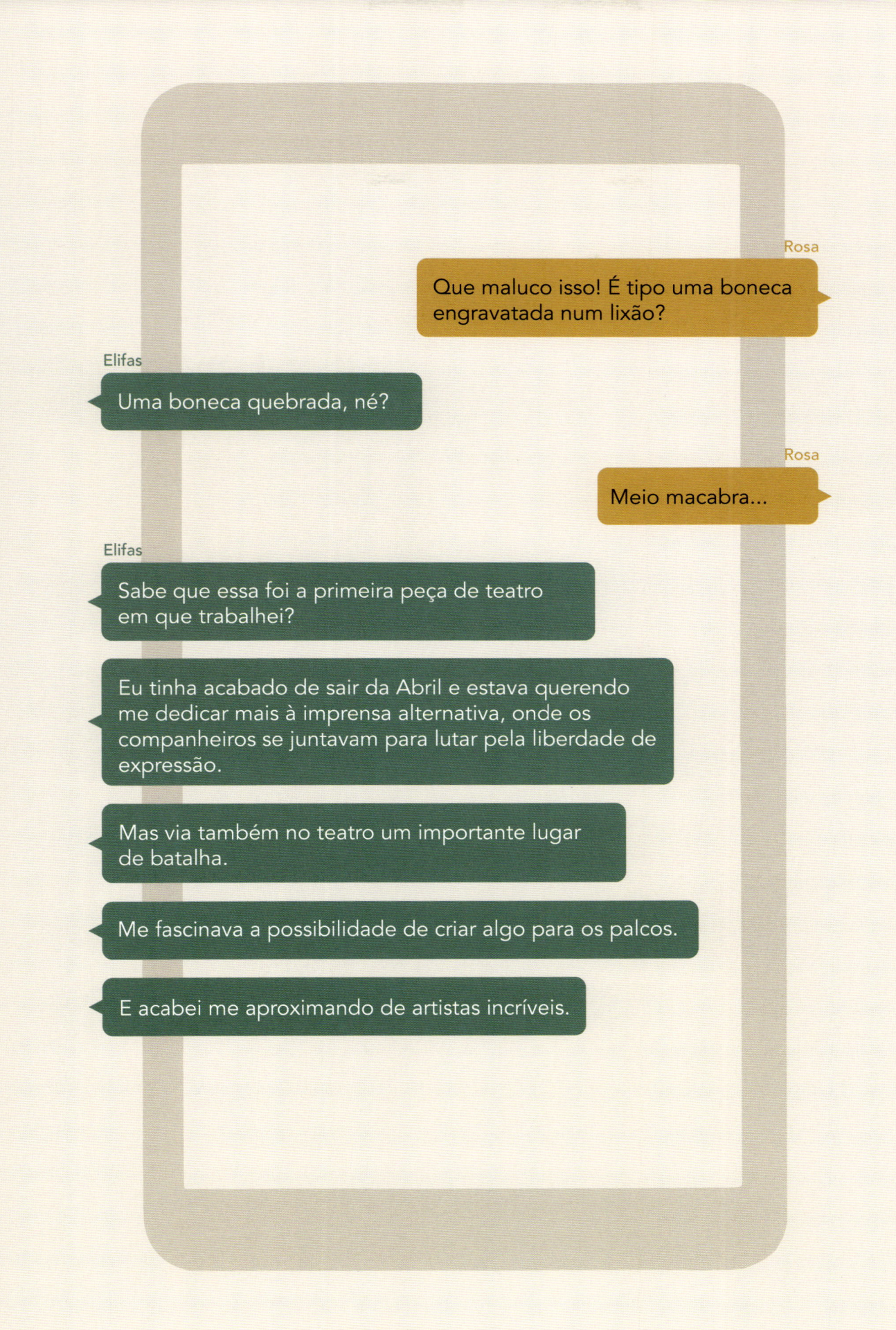

Rosa: Que maluco isso! É tipo uma boneca engravatada num lixão?

Elifas: Uma boneca quebrada, né?

Rosa: Meio macabra...

Elifas: Sabe que essa foi a primeira peça de teatro em que trabalhei?

Eu tinha acabado de sair da Abril e estava querendo me dedicar mais à imprensa alternativa, onde os companheiros se juntavam para lutar pela liberdade de expressão.

Mas via também no teatro um importante lugar de batalha.

Me fascinava a possibilidade de criar algo para os palcos.

E acabei me aproximando de artistas incríveis.

Rosa

MORTOS SEM SEPULTURA
(Morts Sans Sépulture) de Jean-Paul Sartre
cenografia: Helio Eichbauer   encenação: Fernando Peixoto

Teatro Maria Della Costa   R. Paim, 72 Tel. 256-9115

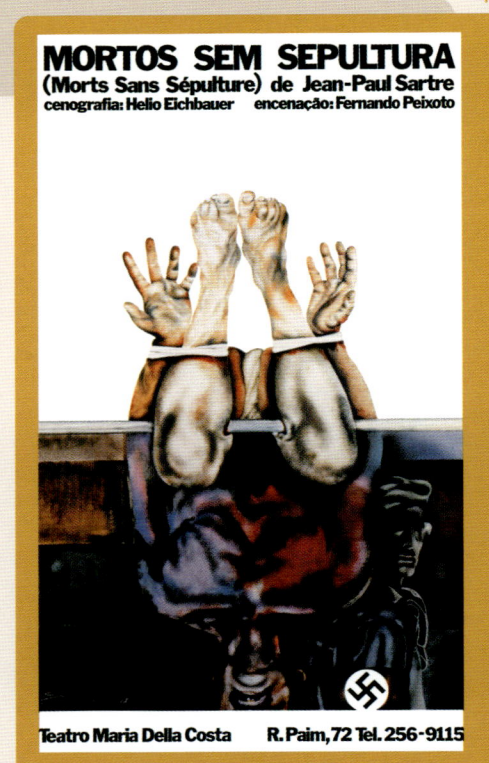

E esse aqui? É um cara sendo torturado durante a ditadura?

Elifas

Na verdade, essa é uma peça do Jean-Paul Sartre, um filósofo e escritor francês. Ela se passa durante a Segunda Guerra Mundial.

Lembro que, depois da estreia, em 1977, apreenderam o cartaz. Tive que ir até a polícia para explicar que aquele sujeito sendo torturado nada tinha a ver com o que estava acontecendo no Brasil. Que a história se passava na França, que o texto era do Sartre.

Lá pelas tantas, o sujeito olhou bem para a minha cara e falou: "Escuta aqui, rapaz: tá achando que eu sou besta? Pau de arara é invenção nossa".

Ele se referia com certo orgulho ao instrumento de tortura amplamente adotado nos porões da ditadura.

MORTOS SEM SEPULTURA
(Morts Sans Sépulture) de Jean-Paul Sartre
cenografia: Helio Eichbauer   encenação: Fernando Peixoto

Teatro Maria Della Costa   R. Paim, 72 Tel. 256-9115

Elifas

Tinha notado a minha malandragem ao misturar os dois universos: a invasão nazista à França e as atrocidades do regime do qual ele fazia parte.

Rosa

O cara tinha orgulho de dizer que o pau de arara era invenção deles... Devia ser um monstro!

Elifas

Tem muitos deles soltos por aí, nunca foram punidos...

Rosa

[Cartaz: CALABAR de Chico Buarque e Ruy Guerra. Direção: Fernando Peixoto. Teatro São Pedro]

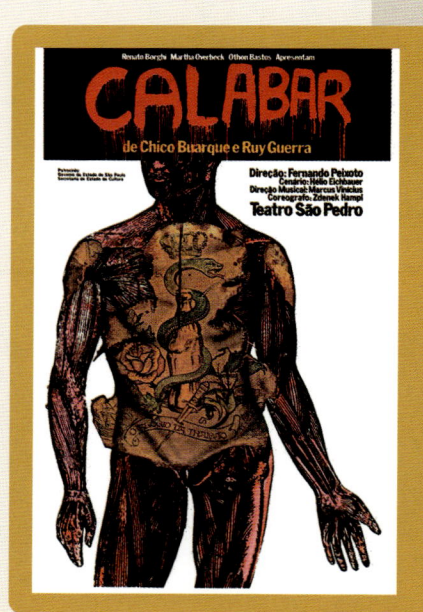

E esse aqui? Qual é a história dele?

Elifas

Calabar é uma peça musical do Chico Buarque e do Ruy Guerra.

Ela ficou anos sob censura. Em 1980 conseguiram montá-la e me chamaram para fazer o cartaz.

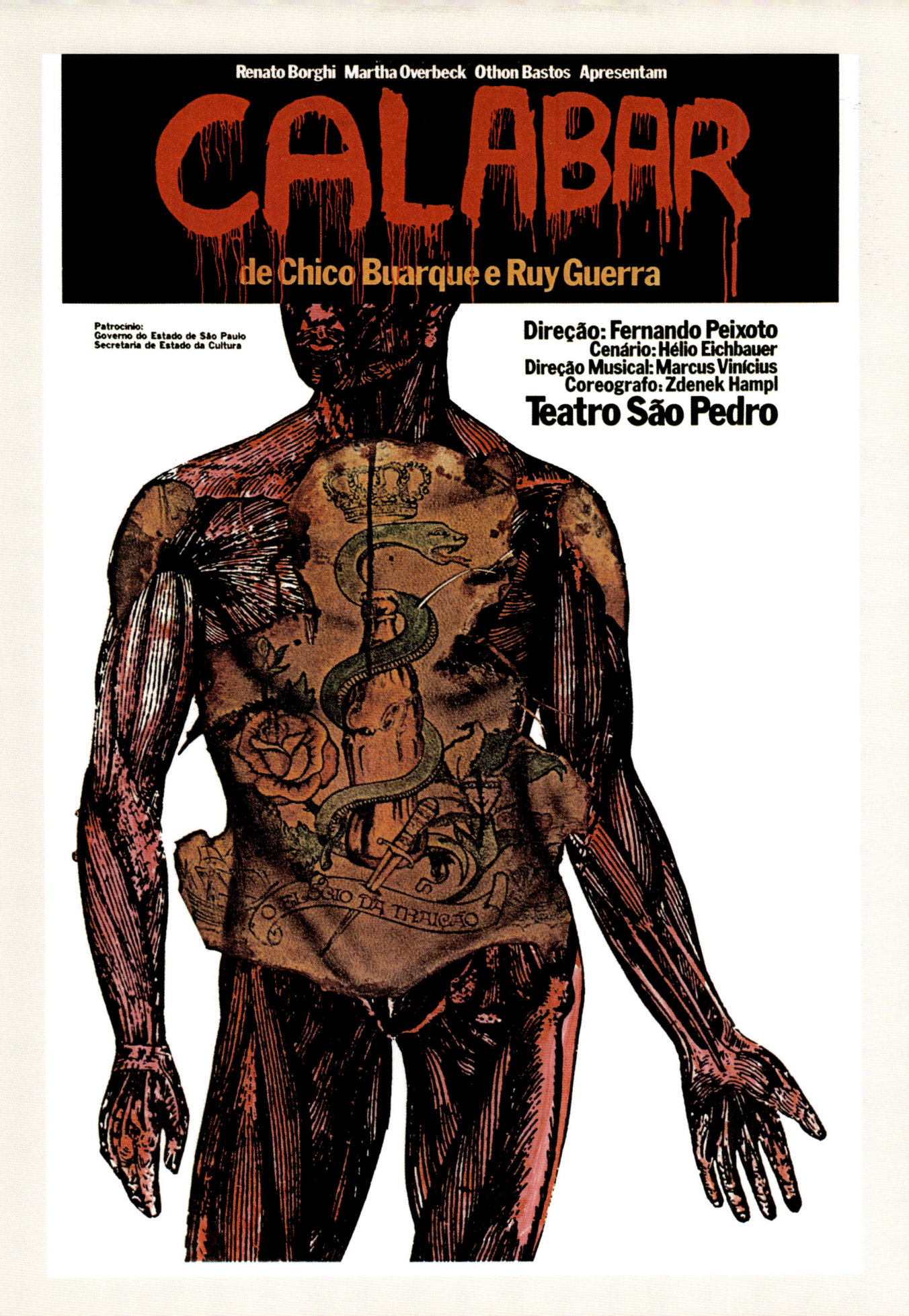

Renato Borghi Martha Overbeck Othon Bastos Apresentam

CALABAR
de Chico Buarque e Ruy Guerra

Patrocínio:
Governo do Estado de São Paulo
Secretaria de Estado da Cultura

Direção: Fernando Peixoto
Cenário: Hélio Eichbauer
Direção Musical: Marcus Vinícius
Coreógrafo: Zdenek Hampl
Teatro São Pedro

Elifas

Uma das canções do espetáculo era *Tatuagem*, do Chico, uma das minhas preferidas. Ela me inspirou a realizar essa ideia.

Mas não foi fácil. Tive que aprender a tatuar!

Rosa

Nossa! Tipo naquele disco do Paulinho da Viola em que você aprendeu a fazer um cavaquinho...

Mas onde você tatuou?

Elifas

Em uma pele de porco. Depois apliquei o resultado num desenho de anatomia humana, desses que aparecem nos livros de ciências.

Rosa

Muito legal! E a palavra "Calabar" parece ter sido pintada com sangue numa parede...

Elifas

Isso mesmo...

Outra que me deu um trabalho inusitado foi *Rezas de sol para a missa do vaqueiro*. Vê se tem aí.

Rosa

Pera.

Rosa

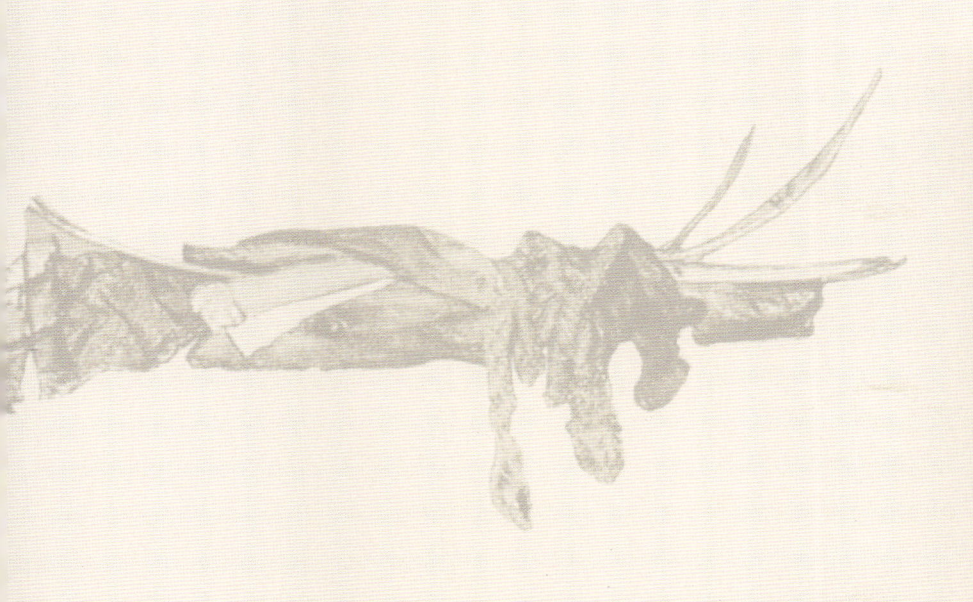

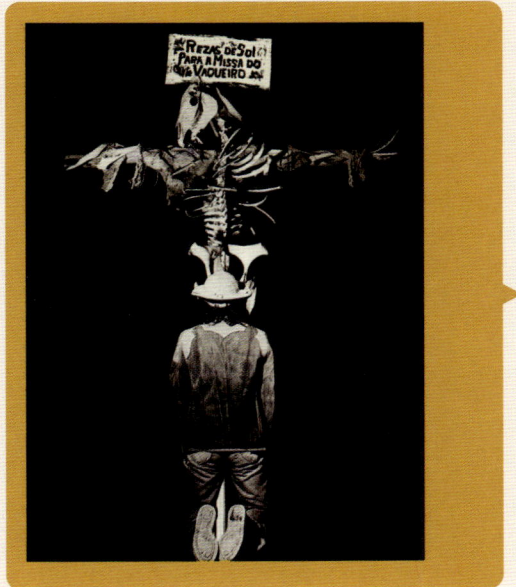

Essa?

Elifas

Isso mesmo. Pra criar o cartaz, fiz uma escultura desse tamanho que dá pra ver na imagem, mais de dois metros!

E com ossada de cavalo mesmo!

Rosa

É uma cruz, né?

Elifas

É uma espécie de Cristo da caatinga.

A imagem causou certo mal-estar entre os católicos mais radicais, mas conseguimos tocar o barco. Gosto muito desse trabalho.

Rosa

Eu também!

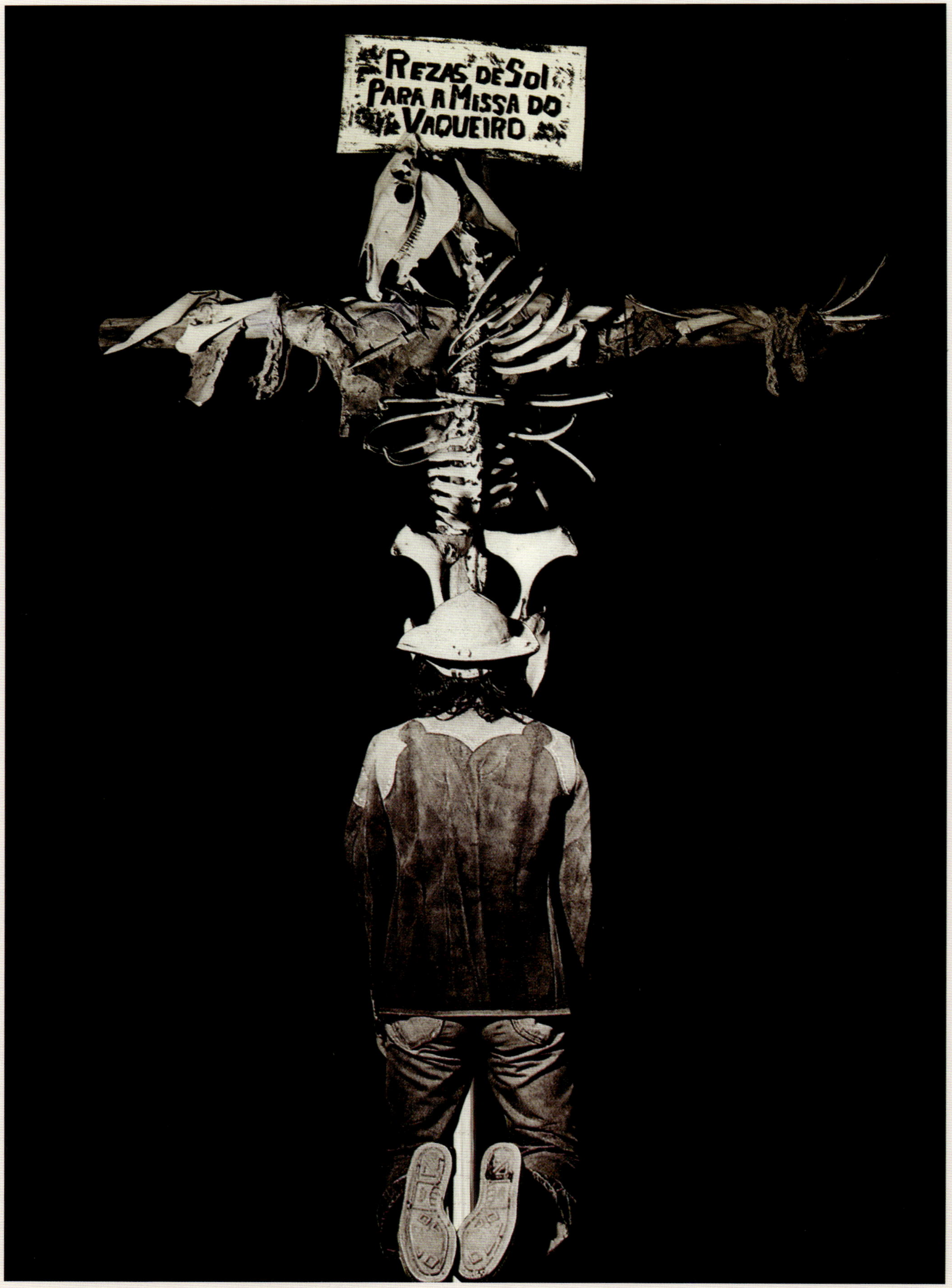
REZAS DE SOL
PARA A MISSA DO
VAQUEIRO

Elifas

Outro cartaz que me orgulho muito de ter feito é o de *A morte de um caixeiro-viajante*, do Arthur Miller, dirigida pelo Flavio Rangel, com Paulo Autran como protagonista.

Rosa

Tá aqui!

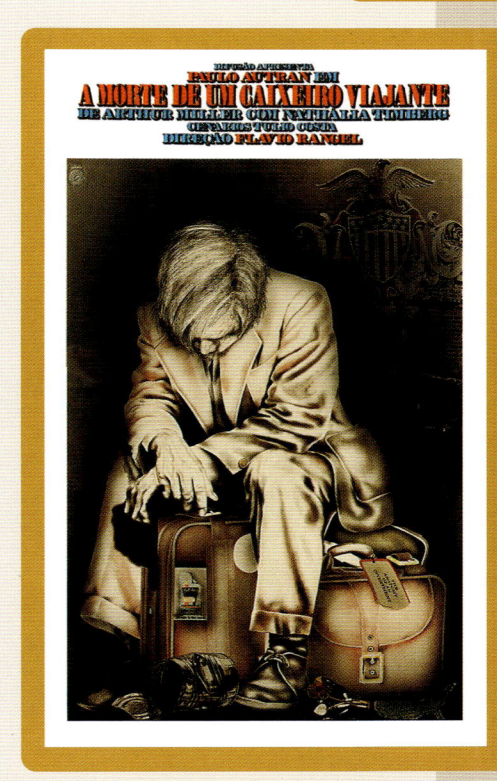

Que triste esse desenho. Triste e bonito.

Elifas

Também acho triste e bonito. Pra mim essa figura destroçada era a síntese da peça do Arthur Miller, que foi um dos mais importantes dramaturgos norte-americanos de todos os tempos.

Lembro que quando a peça entrou em cartaz, com muito sucesso, Flavio Rangel convidou Arthur Miller para vir ao Brasil assistir. Mandou uma carta e o cartaz que eu havia feito.

Holiday
The most
accommodating
people in the world.
THE ANATOMY OF AN INVESTMENT

Rosa
E ele veio?

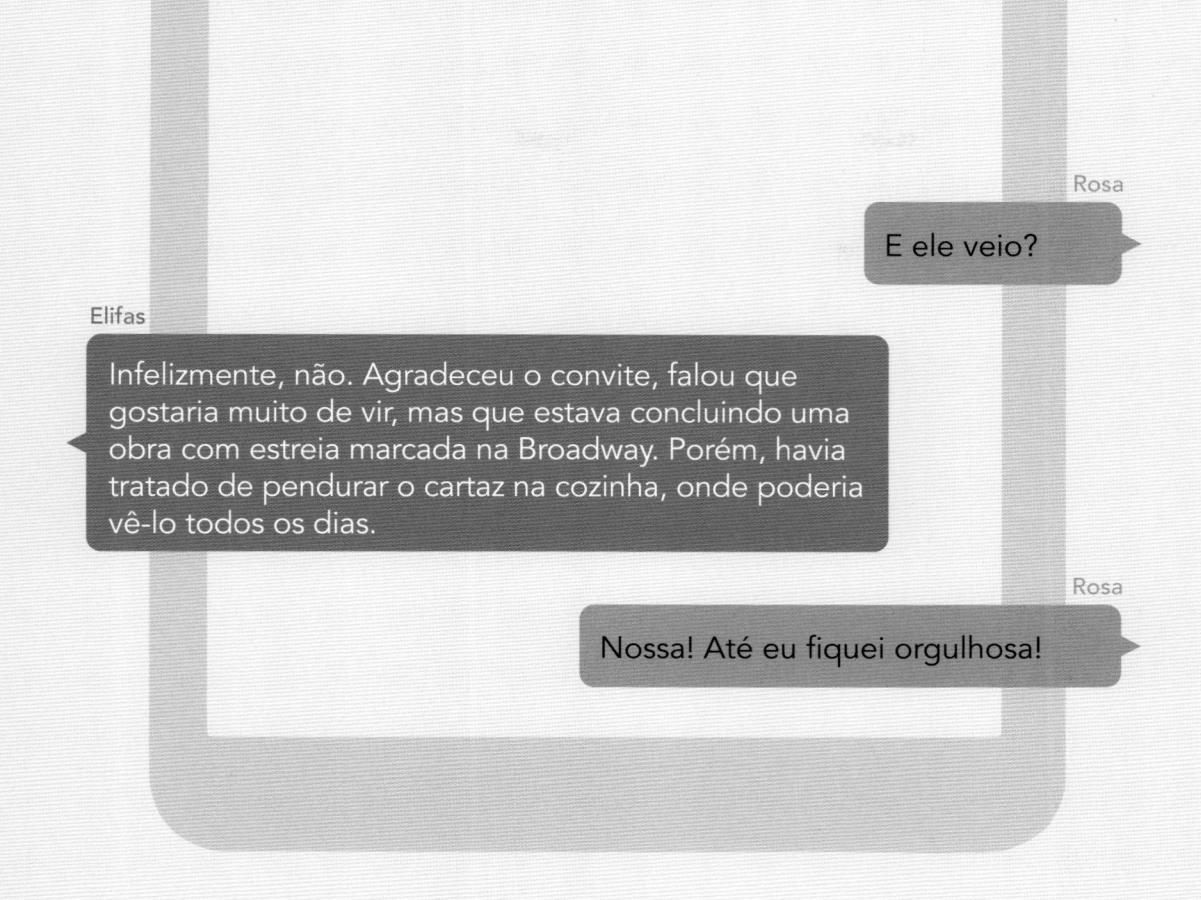

Elifas
Infelizmente, não. Agradeceu o convite, falou que gostaria muito de vir, mas que estava concluindo uma obra com estreia marcada na Broadway. Porém, havia tratado de pendurar o cartaz na cozinha, onde poderia vê-lo todos os dias.

Rosa
Nossa! Até eu fiquei orgulhosa!

E assim a conversa foi seguindo. Em dado momento, Elifas lembrou que precisava fotografar a capa inédita de Adoniran. Pretendia fazer uma ampliação e expor com outros trabalhos na mostra que estava preparando. Rosa, aliás, estava convidada para a abertura.

174

9

– Tá se achando, hein, *fia*! – disse Kelly quando Rosa contou que tinha sido convidada para a abertura da exposição de Elifas Andreato. – Posso ir junto?

– Sei não, *nega*. Depois daquele *e-mail* que você escreveu...

– Mas ele até achou graça! Deixa, vai!

– Posso perguntar. Ele disse que vinham buscar a capa do Adoniran hoje à tarde pra fotografar.

– *Cê* tá chique demais!

O rapaz que veio retirar a capa chegou pouco tempo depois. Deixou até um termo de responsabilidade pelo transporte da obra. Rosa não cabia em si de tanto orgulho.

No dia seguinte, quase à noitinha, seu celular tocou. Não era coisa muito comum. Foi ver e era uma chamada de Elifas. Sim, uma ligação.

– Alô, Elifas? Tudo bem?

– Tudo ótimo, Rosa!

– Estranhei você ter ligado...

– É que eu descobri uma coisa e queria muito te contar...

Elifas pareceu mudar de ideia no meio da sentença.

– Quer dizer, eu queria muito te convidar para a abertura da exposição.

– Ah, obrigada! Mas isso você já tinha feito...

O artista se atrapalhou um pouco.

– Sim, mas eu queria te convidar para uma visita exclusiva. Você, a turma da escola, seus amigos...

– Nossa! Eles vão adorar. Posso até ver com o Antônio se ele consegue arranjar um ônibus pra levar a gente. É difícil, mas...

– Não se preocupa com isso. O pessoal do núcleo educativo do museu pode cuidar de tudo. Aliás, uma das educadoras falou de você...

– A Juliana? Só pode ser...

– Isso, ela vai trabalhar na exposição.

– Que demais!

– Ah, e a sua capa ganhou um lugar de destaque, você vai ter uma surpresa...

***

No dia seguinte, o telefone de Rosa tocou novamente. Dessa vez era Juliana.
– Menina, a história das suas capas rendeu, hein?
– Nem me fala! Tenho tanta coisa pra te contar...
– Na exposição você conta. *Bora* organizar essa visita?
– *Bora!* Posso convidar a classe toda?
– Pode convidar quem quiser, você tá com moral! O Elifas só pediu que você trouxesse também a sua família, especialmente a sua vó.
– Minha família?

***

No dia da exposição, uma *van* aguardava os convidados especiais de Elifas Andreato na esquina do Centro Cultural Grajaú, como Rosa tinha sugerido. Ela foi uma das primeiras a chegar, ao lado de dona Isaldina, toda orgulhosa.
– Especialmente a sua vó! – ela repetia, relembrando o convite feito pelo artista.
Logo atrás vinham a mãe e as irmãs pequenas. Jefferson resolveu ir direto ao museu, já que estava trabalhando. Juliana estava na porta, recebendo os passageiros. Deu um abraço apertado na amiga e depois na avó.
– Então a senhora é a dona Isaldina!
– *Vixe*, que eu tô ficando famosa!
O resto da turma foi chegando aos poucos: Dininho, Camila, Júlio... O professor Antônio veio na sequência. Depois chegaram Juracy, do boteco, e a filha Sueli. Por último apareceu dona Neuma, apressada, explicando que Valdir tinha ficado com Claudinha.
– Essa aí é minha convidada! – falou Isaldina para a educadora.
Com a lista completa e todos acomodados, a *van* partiu em direção à exposição. No caminho, Juliana foi explicando que era comum os artistas receberem convidados especiais antes de abrirem as portas para o público em geral.
– Eu falei, Neuma! Somos convidadas especiais! – reforçou a avó de Rosa.
Quando chegaram ao museu, já tinha gente na porta. Fabinho e Jefferson conversavam animados, assim como Sol, Bruxa, Gabi e Dandara.
– Gente, veio todo mundo! – comemorou Rosa.
Juliana juntou os convidados e colocou uma pulseirinha em cada um deles. A turma foi entrando e logo se espalhou pela exposição. Rosa não teve pressa, queria saborear cada instante. Deteve-se diante do painel de apresentação e leu de cabo a rabo o texto do curador.

É praticamente impossível contar a história recente do país sem ilustrá-la com a obra de Elifas Andreato. O arco que forma a trajetória do artista acompanha de perto os contornos da história do Brasil nos últimos 50 anos.

Quando a luta contra a ditadura chamou, Elifas abriu mão da estabilidade e do bom salário na Editora Abril para dedicar-se à imprensa alternativa, pintou Vladimir Herzog assassinado, desenhou a caveira de quepe do LIVRO NEGRO DA DITADURA MILITAR e jogou luz sobre os porões escuros.

Quando os palcos chamaram, pôs-se ao lado dos grandes atores e atrizes de seu tempo para criar cartazes e cenários que, além de representarem a obra encenada, colocavam pedras no caminho dos dirigentes de coturno.

Quando a música chamou, emprestou seus traços para embalar obras que sempre considerou maiores do que as suas. Abriu fronteiras inexploradas, a ponto de imprimir seu nome nas capas – e, por vezes, até invadir com as próprias mãos os discos, como em MARTINHO DA VIDA, de Martinho da Vila.

Quando os tempos políticos clarearam, lá estava ele em meio aos comícios das Diretas Já, desenhando cartazes de alerta contra o avanço da aids, envolvendo-se em temas como os direitos das crianças, a luta das mulheres e o racismo.

Mais tarde, enveredou por empreitadas editoriais e exposições históricas, frutos de sua crença na reafirmação de nossa identidade a partir da produção cultural brasileira. Aposta que logo ganharia reforço em seu precioso ALMANAQUE BRASIL, que depois virou programa de tevê e teve outros desdobramentos audiovisuais.

Esta exposição pretende acompanhar um pouco dessa trajetória, tão rica, diversa e cheia de histórias quanto um almanaque. E ainda em franco desenvolvimento.

A menina nem reparou que Elifas estava logo ali, ao lado de Juliana, esperando que terminasse a leitura.

— Então você é a *DJ* Rosa! — vibrou Elifas, acomodando a menina em um abraço fraterno.

— Que lindo isso tudo, Elifas!

— Que bom que você está aqui, menina! O museu é chique, mas hoje a casa é nossa! Vamos entrar?

Na primeira sala encontraram Isaldina diante de uma capa gigante de CANTO DAS LAVADEIRAS.

— Elifas, essa aqui é minha vó.

— Como vai a senhora? Muito prazer!

— O prazer é meu. Tão bonitas as coisas que o senhor cria...

— A senhora também: a sua neta é de ouro!

— Ah, essa eu só ajudei a criar!

Rosa, Elifas e Isaldina seguiram o percurso. Pararam diante de uma capa de Chico Buarque.

— É desse ALMANAQUE que o texto de apresentação estava falando? — perguntou Rosa.

— Não, o texto cita o *Almanaque Brasil*, uma revista que publiquei por uns 15 anos. Essa capa do Chico foi uma diversão fazer. A gente criou junto cada uma dessas brincadeiras, enigmas e textos. O Chico é um sujeito muito espirituoso, é uma alegria estar com ele.

— Você sempre o encontra?

— Não, faz tempo que não o vejo: a última vez foi quando fiz um projeto em homenagem ao Vinicius de Moraes, quando ele completaria 100 anos. Tem umas pinturas desse projeto ali na frente.

179

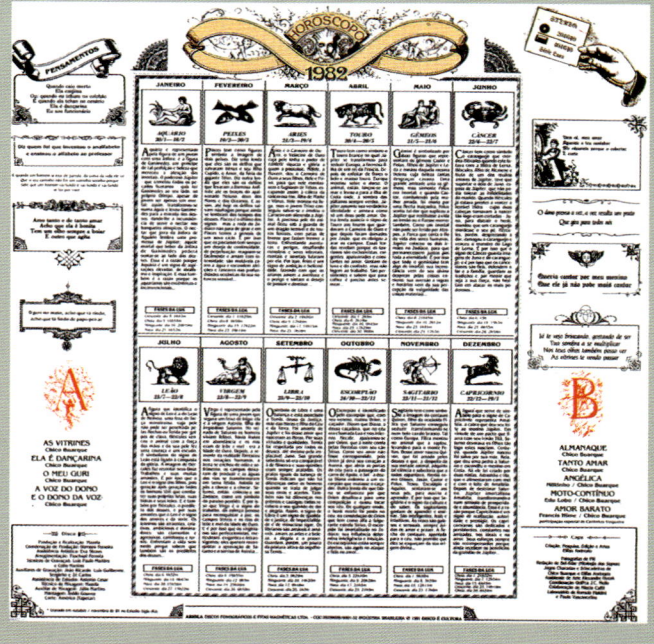

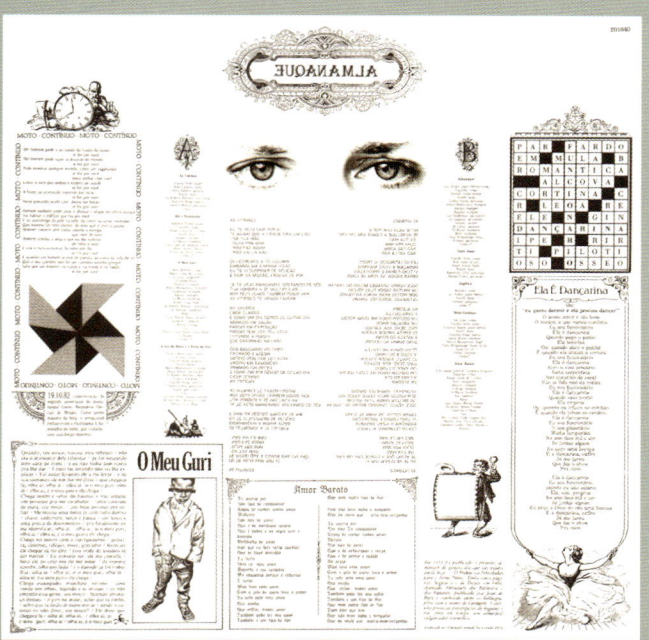

180

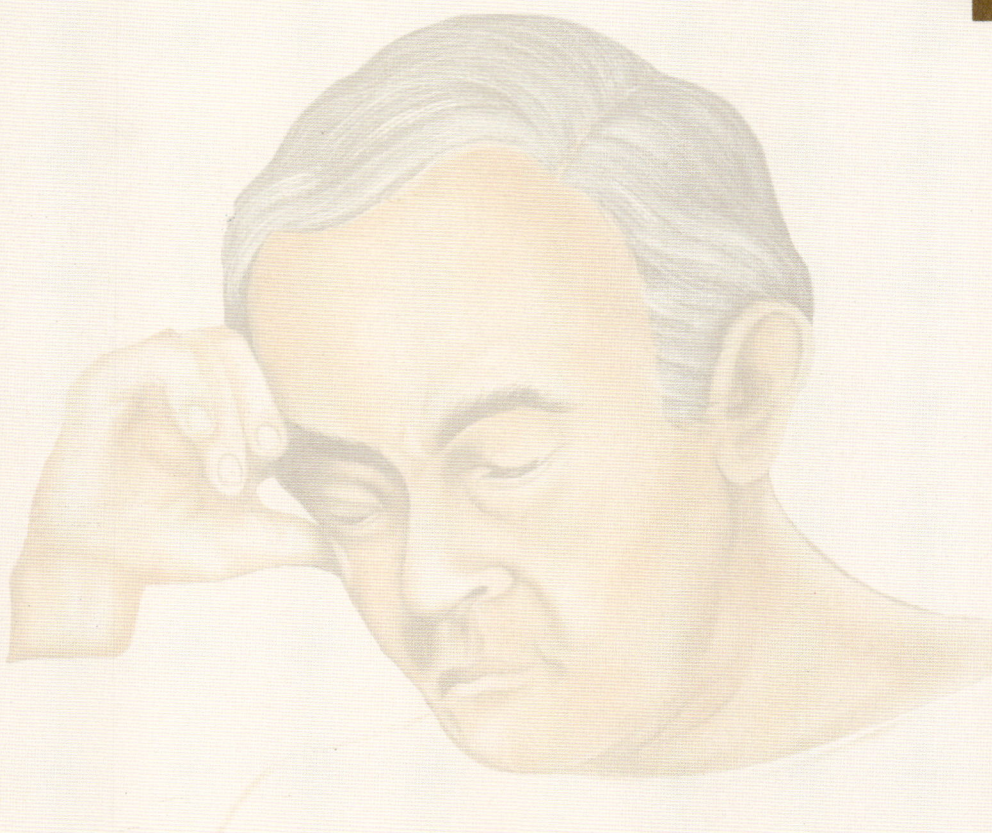

— Como chamava o projeto?
— *O haver*. É o nome de um poema lindo do Vinicius, que é como um inventário da vida dele. Juntei uma porção de amigos e parceiros do Poetinha pra pintar quadros e fazer uma série de vídeos musicais.
— Os músicos pintando quadros?
— Isso. Eles iam ao meu ateliê e a gente conversava sobre a contribuição do Vinicius para as nossas vidas. Um papo regado a música, claro. Depois, juntos, pintávamos retratos do homenageado em aquarela.
— Que máximo! Quem participou?
— Ah, muita gente! Toquinho, Renato Teixeira, Teresa Cristina, Zeca Baleiro, Chico César...
— Queria ver isso!
— Tem na internet, dá pra assistir...

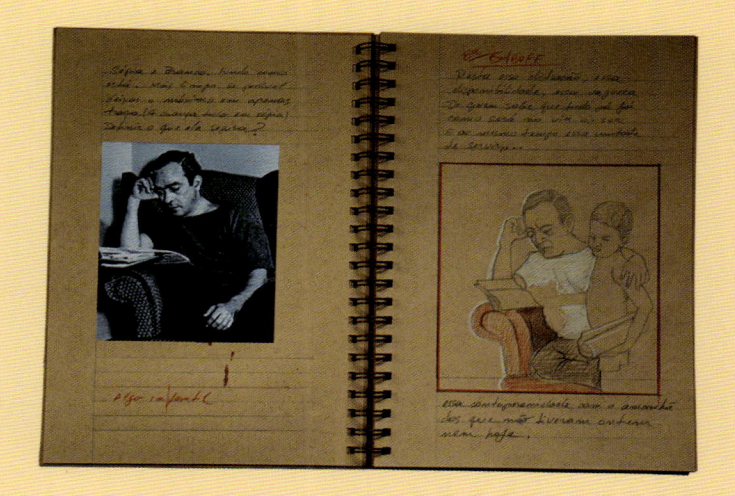

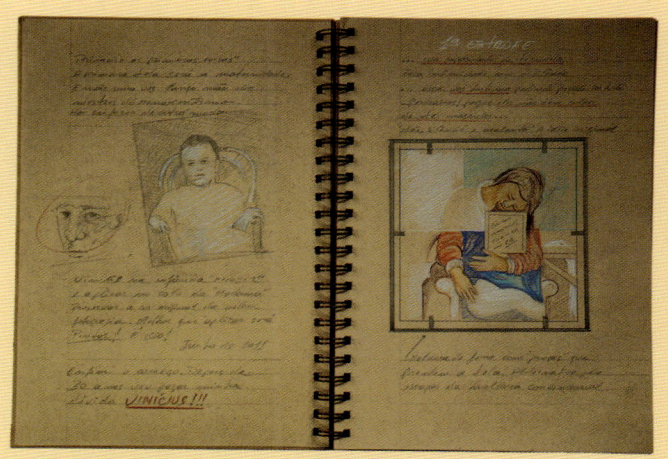

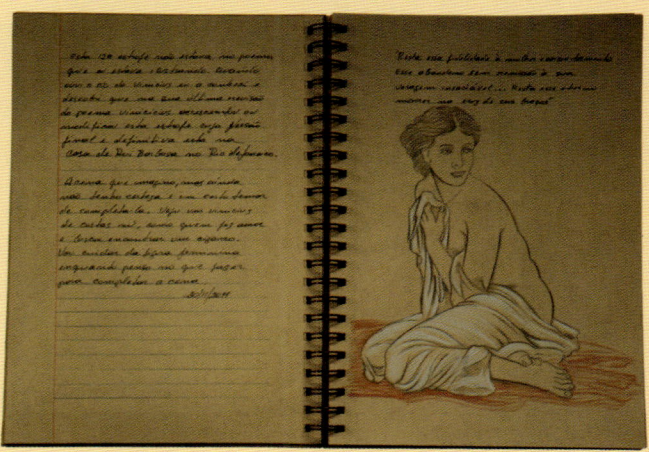

Mais adiante, o grupo se deteve na frente da capa do disco MARTINHO DA VIDA.

– Dessa aqui o texto de apresentação fala – disse Elifas.

– Ah, da ideia de que você foi conquistando espaço nas capas até invadi-las com as mãos!

– Isso! Gosto dessa capa também porque ela registra como eram as minhas mãos em 1980. Já reparou que a gente olha o tempo inteiro para as próprias mãos, mas elas nunca saem nas fotos?

Rosa riu da observação.

– É mesmo. Vou começar a tirar fotos das minhas mãos!

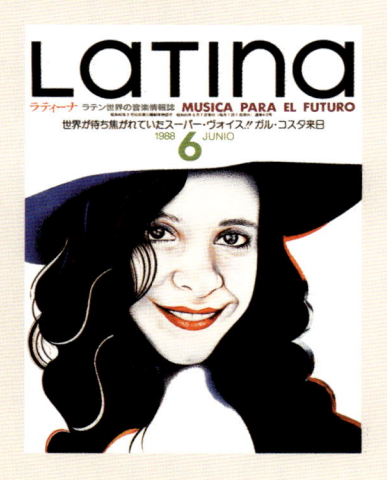

Na sala seguinte, encontraram Fabinho entretido com um retrato de Noel Rosa.

– Elifas, esse é o Fabinho, um amigo do meu irmão.

– Não só do seu irmão, né, Rosa? – brincou a avó.

– Muita honra conhecer o senhor, Elifas!

– Que é isso, cara! Obrigado! Você já tinha visto essa pintura do Noel?

– Não, é muito bonita!

– Fiz ela pra uma revista japonesa chamada *Latina*. Durante 32 anos fui o único capista da publicação.

– O único capista? – surpreendeu-se o rapaz.

– É! Fiz as contas outro dia e descobri que só para os japoneses fiz mais de 380 capas, uma loucura!

– Sobre o que a revista falava?

– Nunca consegui ler... Não falo japonês!

Fabinho, Rosa e Isaldina caíram na risada.

– Tô brincando. A revista era sobre música latino-americana, principalmente a brasileira. Os japoneses são malucos por MPB. O grupo que editava a revista promovia *shows* de meio mundo lá no Japão. Levaram para turnês todos os nossos grandes músicos.

183

– Aquele desenho ali do Paulinho da Viola, com o corpo misturando céu e mar, também é lindo, Elifas! – apontou Rosa.

– Considero esse um dos desenhos mais bonitos que já fiz.

– De qual disco é? Não conheço – perguntou Sol, que se juntou ao grupo com as amigas.

– Fiz para a capa de *A cada hora rola uma estória*, de 1982. Mas o diretor da gravadora encrencou. Queria uma foto na capa. Aí coloquei esse retrato no encarte. Me arrependo até hoje de não ter insistido. Um dos desenhos mais bonitos que já fiz ficou escondido dentro do disco...

– Não deixa de ser uma surpresa para quem tem o LP nas mãos... – ponderou Sol.

– Também gosto bastante daquele retrato do Martinho – disse Elifas, enquanto apontava para uma pintura do cantor com um chapéu na cabeça.

– Parece que o chapéu é de verdade – observou Rosa.

— E é mesmo – confirmou Elifas. – Fiz o desenho e depois apliquei o chapéu, que cobre a cabeça de Martinho, projetando essa sombra.

— E tem essas mãos femininas, supersensuais, colocando a camisa nele – notou Sol.

— Colocando ou tirando, cada um interpreta do jeito que quiser – brincou Elifas.

— É do CORAÇÃO DE MALANDRO, né? – interferiu Dininho, que acabara de chegar.

— Isso mesmo! Vocês sabem tudo de música!

— Eu li na plaquinha – sussurrou o menino, malandramente.

Nessa hora, Juliana se aproximou do artista. Disse alguma coisa em seu ouvido e saiu. Elifas voltou-se para Rosa.

— Olha, daqui a 15 minutos a gente vai pendurar a última tela da exposição no mezanino. Queria que vocês estivessem junto... Você poderia ajudar a reunir o resto da turma?

— Claro! – respondeu Rosa, e virou-se para os convidados que estavam com ela. – Já sabem, né? Quinze minutos. Vou avisar os outros.

DIREITO

A menina encontrou o professor de História visivelmente emocionado diante de um grande painel. Nele via-se um muro pichado com reivindicações trabalhistas, um recorte de jornal na página de classificados de emprego e, em primeiro plano, um trabalhador num gesto desconsolado.

— Eu lembro desse desenho, Rosa... Lembro dele da minha infância. Era um cartaz que ficava no salão do sindicato, lá em São Bernardo. Eu era menino e meu pai às vezes levava a gente pras reuniões.

— Tá dizendo aqui na plaquinha que o cartaz foi feito para o fundo de greve dos desempregados do Sindicato dos Metalúrgicos de São Bernardo do Campo. É de 1979.

— Isso mesmo. Não esqueço essa imagem. Pra mim esse sujeito era meu pai. Ele trabalhava em montadora de veículos. Depois de participar de uma das greves, foi demitido. Lembro dele desesperado, sem ter como colocar comida na mesa.

— Nossa...

— Lembro dele também sair vendendo esse cartaz pra juntar dinheiro pros grevistas. Um dia vou falar na classe dessas greves, que foram históricas.

Rosa avisou Antônio do pedido de Elifas e seguiu à procura dos desgarrados. Encontrou Kelly na frente de um cartaz.

— Tá perdida, *fia*?

— Olha só que demais, Rosa!

— PRIMEIRO ENCONTRO LATINO-AMERICANO GÊNERO E RAÇA — leu a amiga. — Tá dizendo que é de 1990.

— Devia ser uma coisa importante... E a mulher é preta que nem a gente, né?

— Verdade, Kelly. Você notou o desenho na cabeça dela?

— Notei. Parece um lenço, mas é um mapa...

— Parece o mapa da América do Sul.

— Deve ser...

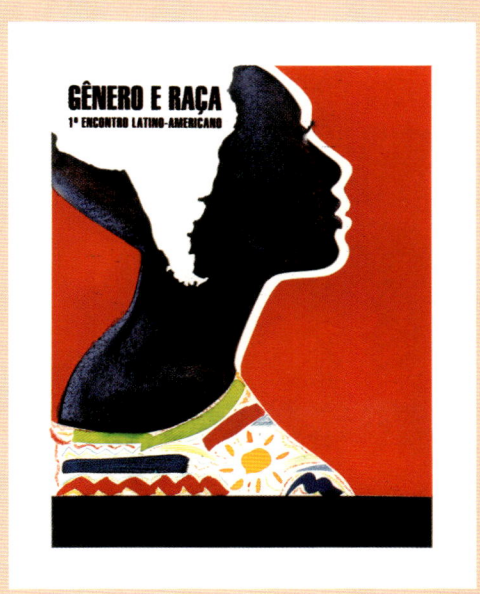

– Você viu aquela pintura que tem a bandeira do Brasil?
– Não...
As duas andaram alguns metros e se detiveram diante de uma tela avermelhada.
– Não é linda?
– Linda demais! Lembra um pouco uns desenhos que o Elifas fez de crianças brincando com estrelas: recortando, atirando com estilingue... O Fabinho achou na internet.
– Sei, seu *crush*...
– Para, Kelly! – reagiu Rosa, olhando para os lados. – Deixa eu ler o que a plaquinha tá dizendo... *Pintura realizada para o cartaz dos eventos promovidos pela Secretaria de Cultura do Estado de São Paulo, como marco dos 100 anos da abolição da escravatura no Brasil.* É de 1989.
– O que você acha que o Elifas quis dizer com essa tela?
– Ah, acho que, se ele quisesse dizer, não pintava: falava – brincou Rosa, lembrando do que Juliana havia dito quando visitou o Museu Afro. – O que eu vejo

SOS MULHER

O silêncio é cúmplice da violência.

é um menino negro semeando o chão com as estrelas da bandeira do Brasil. Tá plantando o nosso futuro.

— Tipo o futuro do mundo?

— Pra mim, é o futuro do povo negro.

— Rosa para vereadora! — gritou Kelly, levantando a mão da amiga.

— *Bora*, *fia*, tá quase na hora.

A última pessoa que a menina precisava avisar era a mãe. Foi encontrá-la paralisada, olhando para um cartaz em que estava escrito SOS Mulher. Rosa se colocou a seu lado. A plaquinha informava que o pôster havia sido feito em 1982 sob encomenda do SOS Mulher de São Paulo, um grupo feminista que dava assistência social, psicológica e jurídica a mulheres em situação de violência doméstica.

A menina não falou uma palavra. Apenas lembrou os apuros que Marieta havia enfrentado em outros tempos.

— Vem comigo, mãe — disse, pousando o braço sobre seus ombros. — O Elifas tá chamando...

Quando chegaram ao mezanino, todos já estavam reunidos num semicírculo em torno do artista: Jeff, a avó, as gêmeas e Fabinho. Neuma, Juracy e Sueli. As amigas *DJs*, os colegas da escola e Antônio, além de Juliana.

— Rosa, vem aqui pro meu lado — convidou Elifas, deixando a menina levemente desconfiada.

Na parede havia uma ampliação da capa nunca lançada de Adoniran Barbosa. Juliana segurava o que parecia ser um quadro, envolto num tecido preto. Elifas começou a falar:

— Ao longo dos últimos dias, preparando essa exposição, fui obrigado a refletir sobre esses mais de 50 anos de carreira. Meio século! Concluí que os artistas sempre escolhem o que vai fazer parte da sua arte, a partir de uma sucessão de escolhas. São eles que decidem a quem emprestar seu talento, como usar seus recursos. Sempre foi assim. Há os que se desculpam pelos rumos tomados, justificando-os pela pressão da sobrevivência. E também há os que se rendem sem dar satisfação, como se a função do artista fosse servir, não importa a quem.

Meu maior orgulho — maior do que qualquer prestígio é capaz de alcançar — é poder dizer que minha arte se liga à história da minha vida, das vidas assemelhadas à minha, e serve para contar o que eu e pessoas semelhantes a mim entendemos que seja o mundo, a justiça e a liberdade.

Nunca tive a pretensão de saber tudo. Mas sempre estive atento às coisas que a vida podia ensinar, já que mal pude frequentar uma escola. Entretanto, foram muitos os mestres que me deram a mão nessa trajetória. O jornaleiro na Vila Anastácio que, ainda que não tivesse um tostão no bolso, permitia ao garoto folhear revistas que lhe revelaram o mundo. A assistente social que conseguiu ver uma fagulha de talento no aprendiz de torneiro mecânico e o convidou a fazer a decoração das festas da fábrica. Os companheiros do jornalismo que acolheram o capiau que mal sabia ler e lhe apresentaram a realidade do país. Sem falar da turma da música, do teatro, da televisão. Foram tantos...

Mas, hoje, gostaria de lembrar da contribuição dos que estavam no chão de fábrica, por assim dizer: operários como fui um dia. Sem eles, dificilmente essas obras estariam penduradas nas paredes deste museu. Gente que me ensinou a gravar na madeira, construir instrumentos, lidar com cimento ou resina. E, sobretudo, com papel.

O papel era a minha vocação, percebi desde cedo. Ele que me permitiria a reprodução ilimitada das ideias. Era preciso conhecer suas fibras e gramaturas.

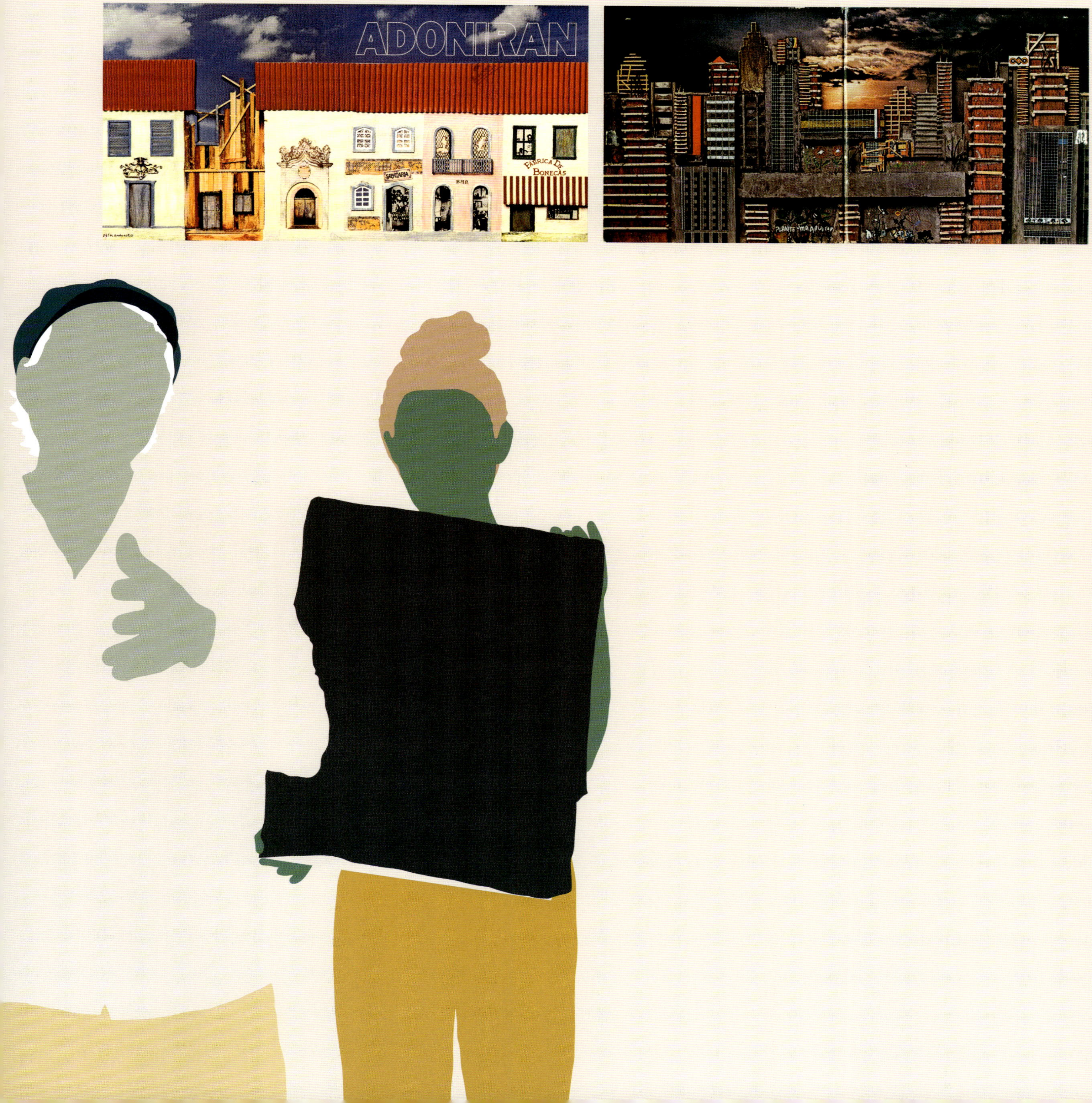
ADONIRAN
FABRICA DE
BONECAS

Suas possibilidades de vinco e corte. Sua interação com as tintas e as máquinas. Logo compreendi que meu ateliê ou as mesas das redações não eram o bastante. Era preciso se embrenhar nas gráficas, sentir o cheiro de tinta e papel e, acima de tudo, conhecer o ofício daqueles que davam a forma final a meu próprio trabalho: os gráficos.

Um deles está representado aqui hoje...

Os convidados estranharam. Entreolharam-se sem saber de quem Elifas estava falando. Ele prosseguiu.

– Rosa, quando você me emprestou a capa que fiz para Adoniran, essa aqui que está na parede, notei que no lugar onde deveria estar o disco, bem lá no fundo, havia um bilhete.

Elifas tirou um pedaço de papel de uma pequena pasta que tinha nas mãos.

– Você quer ler?

Rosa hesitou, mas pegou o bilhete.

– *Prezado Mestre Lupa, obrigado pelos esforços na confecção de mais esta capa. Ela ficou impecável, como sempre. Desisti de propor essa ideia, que me parecia correta. Estou agora preparando um desenho de Adoniran que considero capturar a sua essência: um palhaço triste, como somos todos os artistas. Fique com essa capa como uma lembrança do trabalho que realizamos juntos. Um abraço fraterno do parceiro Elifas.*

– Mestre Lupa era o seu avô, Rosa – completou o artista. – O marido de dona Isaldina, pai de sua mãe.

– Não pode ser, Elifas... Meu avô era o Luís, não tinha nada de Lupa.

– Lupa era como eu o chamava, por conta do instrumento que ele usava, sempre atento a cada pontinho das retículas impressas no papel. Ele tinha um olhar minucioso, não deixava nada escapar. Quando você falou o nome dele, tentando saber se eu o conhecia, não atinei que aquele poderia ser o nome completo do companheiro que sempre chamei de Mestre Lupa.

– Então todas aquelas capas que ele guardou em casa...

– Foram capas em que trabalhou...

– Quem diria que meu vô era quase um artista!

– Foi um parceiro muito talentoso!

Elifas então pediu a Juliana que entregasse o último quadro da exposição para Rosa pendurar. A menina apertou os olhos, mas logo reconheceu a imagem bem mais jovem de seu Luís – ou Mestre Lupa. Dali para frente, ele estaria lá, dividindo espaço com Chico Buarque, Paulo Autran, Elis Regina e tantos parceiros que tinham ajudado a construir a obra e a trajetória de Elifas Andreato.

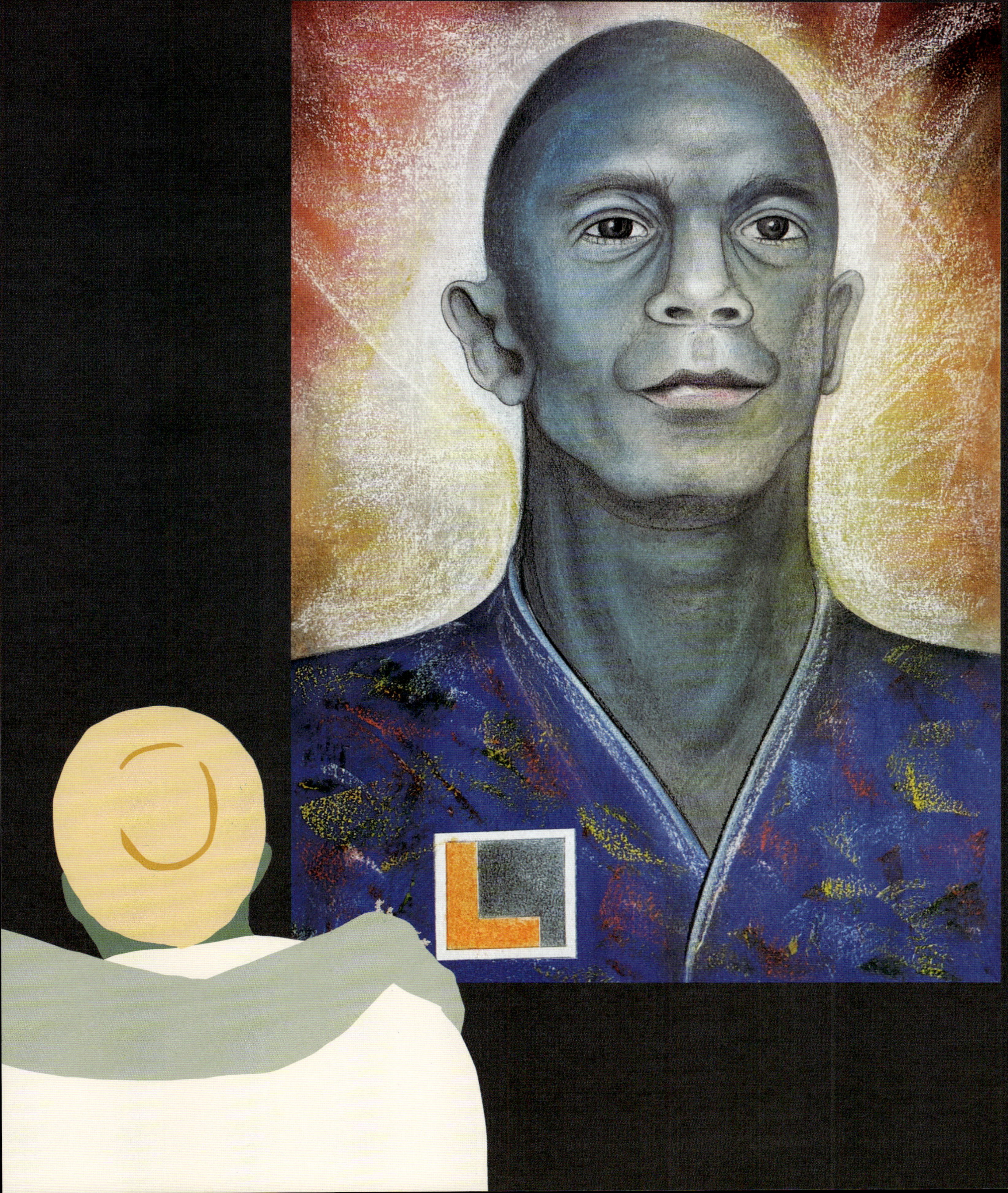

p.s.

Depois que as portas da exposição se abriram para o público e a imprensa, entre *flashes* e *cliques*, Kelly tentava esclarecer com Neuma, fazendo uma tremenda confusão:

– Então quer dizer que esse tal de Mestre Lupa era amante da vó da Rosa! A dona Isaldina, hein? Sabia que tinha traição nessa história!

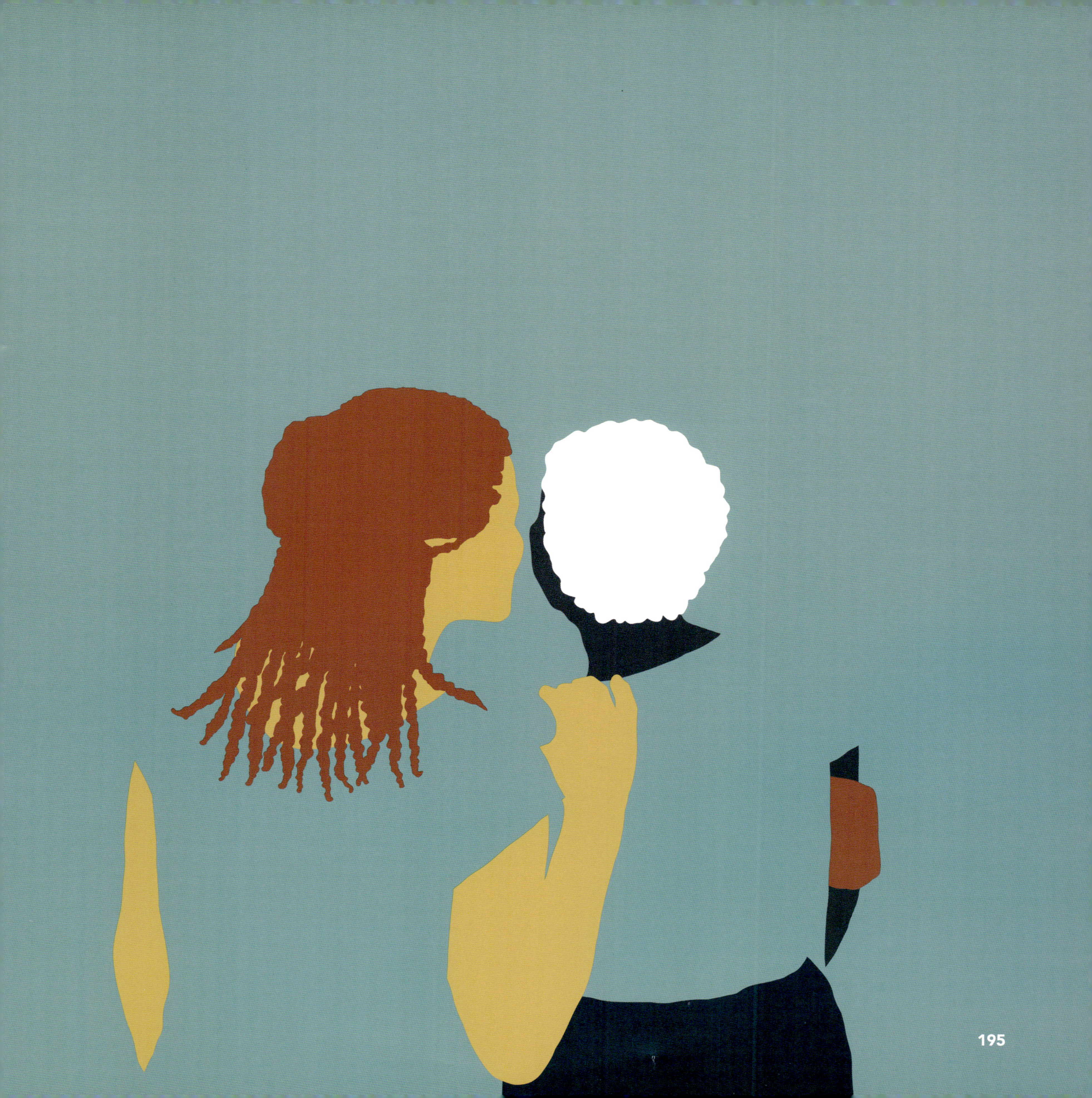

OS AUTORES

Elifas Andreato, de fato, não é apenas uma personagem de *Vai, DJ!*. Antes de tudo, construiu uma obra que o fez um dos principais artistas gráficos do país. Nascido em Rolândia, no Paraná, em 1946, começou sua carreira artística na década de 1960, enquanto trabalhava como torneiro mecânico em uma grande fábrica de fósforos em São Paulo (SP).

Pintava, ali, os painéis que decoravam os bailes da fábrica aos sábados. Passaria a trabalhar, depois, como assistente de cenógrafo na TV Record, até que em 1968 se tornou estagiário na Editora Abril. Nesta empresa, nos anos seguintes, participaria da equipe de criação de inúmeras revistas, entre elas *Placar* e *Veja*, e de diversas coleções, em especial *História da Musica Popular Brasileira*.

Linha do tempo do Elifas Andreato

1946 — Nasce em Rolândia, no norte do Paraná, em uma família de lavradores.

1958 — Muda-se com a família para São Paulo.

1960 — Torna-se aprendiz de torneiro mecânico na Fiat Lux (fábrica de fósforos). Publica os primeiros desenhos no jornal interno e pinta os painéis que decoravam o salão da fábrica nos bailes de sábado.

1965 — Abandona o emprego na fábrica para dedicar-se à carreira artística. Torna-se assistente de cenografia do programa de Luís Vieira, na TV Record.

Nos anos 1970, nos tempos mais duros do regime militar (1964-1985), participou da fundação de veículos da imprensa alternativa, como *Opinião*, *Argumento* e *Movimento*. A partir de 1974, se destacaria como criador de capas de discos de vinil, naquela época o suporte mais comum para circulação da música entre o público em geral: seriam em torno de 400 trabalhos, para os mais importantes compositores e intérpretes da música brasileira.

Anos mais tarde, tornou-se responsável pelas históricas coleções *MPB Compositores* (Editora Globo, 1997) e *História do Samba* (Editora Globo, 1998). Outra atuação de destaque seria no *Projeto Memória* (Banco do Brasil/Fundação Odebrecht), no qual criaria exposições itinerantes sobre personalidades como Monteiro Lobato, Rui Barbosa e Juscelino Kubitschek.

1967
É contratado pela Editora Abril. Passa pelas revistas *Quatro Rodas*, *Veja* e *Realidade*. Participa da criação da *Placar* e da coleção *História da Música Popular Brasileira*, que o aproxima dos principais artistas de seu tempo.

1969
Passa a colaborar com jornais de oposição ao regime militar. Imprime em sua casa, em mimeógrafo, o jornal clandestino *Libertação*.

1972
Desenha as primeiras capas de disco: A DANÇA DA SOLIDÃO, de Paulinho da Viola, e BATUQUE NA COZINHA, de Martinho da Vila.

1973
Deixa a direção do departamento de arte da Abril Cultural para dedicar-se à imprensa alternativa. Dirige os jornais *Opinião* e *Movimento* e a revista *Argumento*.

Para o público infantil, Elifas criou o musical *A Canção dos Direitos da Criança* (1986), em parceria com o compositor Toquinho, e escreveu o livro *A Maior Palavra do Mundo* (Palavras, 2018). Foi ainda idealizador e diretor editorial da revista *Almanaque Brasil* e dos programas televisivos *Almanaque Brasil* (TV Brasil, 2011-2012) e *O Teco-Teco* (TV Brasil, 2013-2014).

O artista já promoveu dezenas de mostras com suas obras nas principais cidades do país e tem dois livros publicados com sua trajetória – *Elifas Andreato: impressões* (Globo, 1993) e *Elifas Andreato: traços e cores* (Estúdio Elifas Andreato, 2018). Seu trabalho, que possui forte carga emocional, caracteriza-se pela valorização da cultura popular, pelo engajamento com as questões sociais e pela defesa dos valores humanos. Entre os prêmios que recebeu ao longo da carreira, destacam-se o Prêmio Especial Vladimir Herzog e a comenda da Ordem do Mérito Cultural.

* * *

1974
Inicia a colaboração com o teatro, com cartazes e cenografia para peças como *Caminho de Volta*, dirigida por Fernando Peixoto, e *Muro de Arrimo*, com direção de Antonio Abujamra – cujo cenário lhe rendeu o primeiro dos muitos prêmios nas artes cênicas.

1975
Assume a criação dos desfiles da escola de samba Camisa Verde e Branco, de São Paulo. Conquista três campeonatos seguidos como carnavalesco.

1980
Realiza a primeira exposição retrospectiva da carreira, que tem estreia na Funarte (RJ) e passa por cidades como São Paulo, Curitiba, Belém e Belo Horizonte.

1983
Escreve a peça musical *Casa de Brinquedos*, com músicas de Toquinho.

Sua música ESTRELA DE PAPEL, em parceria com Jessé, vence o Grande Prêmio da Canção Ibero-americana, em Washington, Estados Unidos.

João Rocha Rodrigues nasceu em São Paulo (SP), em 1979, e ao longo de sua carreira construiu estreita proximidade com a obra de Elifas Andreato. Formado em Jornalismo, possui trabalhos em diversas áreas da comunicação e das artes, desenvolvendo pesquisas e conteúdos sobre a cultura brasileira.

No campo audiovisual, foi responsável pela concepção e direção de conteúdo dos programas *Almanaque Brasil* (TV Brasil, 2011-2012) e *O Teco-Teco* (TV Brasil, 2013-2014). Roteirizou e dirigiu ainda, entre outros, os documentários *Esquina do mundo* (2020), *Laerte em terceira pessoa* (2019), *Gracias a Gracia* (2019) e *Elifas Andreato: um artista brasileiro* (2009).

Tornou-se ainda editor de revistas, livros e da série *Brasil 2014: campo das ideias* (Instituto CPFL, 2014). Entre os livros que organizou, destacam-se: *Viva o Brasil* (Leitura, 2009), *Em se plantando, tudo dá* (Leitura, 2009), *Almanaque Brasil: todo dia é dia* (Ediouro, 2009) e *Almanaque Brasil: 15 anos de histórias* (Estúdio Elifas Andreato, 2015).

1984
Cenografa e produz o programa *Som Brasil*, com apresentação de Lima Duarte, na Globo.

1986
Projeta a praça Antônio Prado, diante da Bolsa de Mercadorias e Futuros (BM&F), no centro de São Paulo.

1987
Cria o projeto *Canção dos Direitos da Criança*, que se tornaria disco com Toquinho, especial na Globo, além de peça teatral e livro, em diferentes montagens e edições.

1988
Dirige o programa *Empório Brasileiro*, com apresentação de Rolando Boldrin, no SBT.

1993

Publica *Elifas Andreato: impressões* (Globo).

1997

Concebe e produz as coleções de fascículos e CDs *MPB Compositores* e *História do Samba*, lançadas pela Editora Globo.

1998

Passa a criar e produzir exposições históricas temáticas, como *O Brasil encantado de Monteiro Lobato*; *Notícias de Rui Barbosa*; *JK: de telegrafista a presidente*; e *O samba em verso e prosa*, que percorrem várias cidades do país.

1999

Lança a revista mensal *Almanaque Brasil*, distribuída nos voos da TAM, por assinatura e em escolas e bibliotecas públicas.

Foi ainda responsável pela supervisão editorial de exposições como *Histórias do rádio no Brasil* (Sesc-SP, 2008), *Bossa'50* (Pavilhão da Bienal de São Paulo, 2008) e *Let's rock* (Oca – Parque Ibirapuera, São Paulo, 2012), além de idealizador e curador das exposições *Elifas Andreato: contornos da música carioca* (Centro de Referência da Música Carioca Artur da Távola, 2015) e *Elifas Andreato: 50 anos* (Centro Cultural Correios Rio de Janeiro, 2015).

AS ILUSTRADORAS

Juliana Calheiros nasceu em Olinda (PE), em 1981. Possui formação em Artes Plásticas pela UFPE e recebeu, em 1999, menção honrosa no Prêmio Pernambuco de Artes Plásticas – Novos Talentos. Participou de diversas exposições em Pernambuco até mudar-se para São Paulo, em 2004. Karen Zlochevsky nasceu em Israel, em 1980. Formou-se Bacharel em Desenho Industrial e Programação Visual na UFPE, em 2003, trabalhou como *designer* em diversas agências de Pernambuco e São Paulo. Ambas são responsáveis por criar o Estúdio Lorota, com o propósito de dar forma a uma linguagem contemporânea e de domínio do público leitor juvenil.